JN299381

Cormac McCarthy

Child of God

チャイルド・オブ・ゴッド

コーマック・マッカーシー

黒原敏行＝訳

早川書房

チャイルド・オブ・ゴッド

日本語版翻訳権独占
早　川　書　房

© 2013 Hayakawa Publishing, Inc.

CHILD OF GOD

by

Cormac McCarthy

Copyright © 1973 by

Cormac McCarthy

Translated by

Toshiyuki Kurohara

First published 2013 in Japan by

Hayakawa Publishing, Inc.

This book is published in Japan by

arrangement with

M-71, Ltd.

c/o International Creative Management, Inc.

acting in association with Curtis Brown Group Ltd

through The English Agency (Japan) Ltd.

I

一行は朝日に照らされた刈萱《かるかや》の繁る低湿地を横切り丘を越えてカーニバルの一隊のようにやってきた。トラックは轍を踏んで縦に揺れ横に揺れしながら進み荷台の椅子に坐った楽師らは揺さぶられながら楽器の音合わせをする。ギターを抱えた肥った男はにこにこ笑い後ろの車の男たちに盛んに身振りをしながらフィドル弾き（フィドルはカントリー音楽で使われるバイオリン）のために音を出しフィドル弾きは糸巻きを調節しながら顔を皺だらけにして耳を澄ます。花咲く林檎の木々の下を通りオレンジ色の泥ですきまを詰めた丸木小屋のそばを過ぎて小川の浅瀬を渡るとやがて山の麓の青い影のなかに建つ古い下見板張りの家が見えてきた。その向こうには納屋が建っていた。一人の男がトラックの屋根を拳でぼこんと叩きトラックは停止した。後続のトラックや乗用車も雑草の生えた前庭に入ってきて男たちが降りてきた。

　静かで牧歌的な朝にこうしたことが起きるのを納屋の入口の内側で一人の男が見ている。小柄で不潔で無精髭を生やした男。乾いた藁屑と砂埃が漂い壁板のすきまから陽光が射しこむなかで獰猛さを抑えこみながら歩きまわる。サクソン人とケルト人の血。おそらくあなたによく似た神の子だ。雀蜂が納屋の板のすきまから射し入る梯子状の光を横切りストロボ照明を受けたように明滅し黒と黒のあいだで金色に輝いて濃密な闇のなかで光る螢の群れのようになる。男は足をひろげて立ち黒っぽい腐植土の上により黒い水溜りをつくりその水溜りに浮いた白っぽい泡と藁屑が渦巻く。ズボンの前ボタンを留めながら納屋の壁ぎわを歩き動くたびにこの男の身体にも光の格子模様が映り、壁のほうに向けた男の眼に光がちらちら当たって小さな不快感を与える。

　戸口に立った男は眼をしばたたく。背後のロフトからロープが一本ぶらさがっている。薄髭の生えた顎が強ばったり緩んだりまるでガムを噛んでいるようだが何も噛んでいない。陽射しのせいで眼はほとんど閉じているが静脈の透けている薄い瞼の下で眼球が動いていて何かを見ているのがわかる。トラックの荷台で青いスーツを着た男が何か盛んに手振りをしている。レモネードの屋台が出る。楽師たちが田舎じみたリール（スコットランド高地の軽快な舞曲）の演奏を始めると前庭に人が集まってきてハンドスピーカーがまず耳障りな雑音をいくつか発する。

　さあさあ濡れ手で粟の大儲けをしたい人はみんな登録して頂戴。ここで受け付けてるよ。そうそう。なんですか奥さん。ああいいよ。いいですよ。よしと。ジェシー？　もう用意は……？　ようし。じゃこれからジェスがなかを見たい人のために家を開けるから。ああいいよ。しばらくここで音楽やってるからみんな登録して頂戴。それから競りを始めるからな。え？　なに？　ああ、そうだよ。そのとおりだ皆の衆、まずは宅地でそのあと山林やら何やら全部だ。道路の両側がそうで、ずうっと川まで行ってその向こうのでかい森もだよ。そうそう。じきにそいつも始めるからな。

　お辞儀をし指さしニコニコ笑う。手にはハンドスピーカー。尾根の松林のなかで競売人の声は谺して不明瞭に響いた。おかげで何人もが声を出しているような錯覚が生まれ古い廃墟で幽霊が合唱しているようだった。

　あの森の木はいいよ。ほんとにいいよ。十五年か二十年前に伐ってるからまだ大きくなっちゃいないだろうが考えてご覧。あんたが夜ベッドで寝んねしてるあいだにあそこで大きく育ってるんだ。そうとも。こりゃ真面目に言ってるんだ。つまりこの物件にはほんとに将来性があるってことだ。この辺の土地はみんなそうだよ。いやここはそれ以上かもしれん。こういう物件の可能性は天井知らずだ皆の衆。金があったら俺が買いたいくらいだ。けど皆の衆も知ってのとおり俺の財産は不動産だけなもんでな。俺が稼いだ金は全部不動産で稼いだもんだ。だから今百万ドル持ってたら九十日以内に一セント残らず不動産に投資するよ。皆の衆も知ってるだろう。不動産ってのはあがるばっかりだ。この土地みたいなのは投資した金を十パーセント増やすと俺は本気で思ってる。いやもっとかな。二十パーセント行くかもしれん。銀行に預けた金がそんなに増えてくれんのは皆の衆も知ってのとおりだ。不動産投資ほど堅い投資はない。土地だ。一ドルじゃ昔ほど物を買えんのは知ってるだろう。今から一年たったら一ドルは五十セントの値打ちしかないかもしれん。そういうことは知ってるだろう。でも不動産はどんどんどんどんどんどんあがる。

皆の衆、俺のおじは六年前にみんなから反対されたけどもこの近くのプレイターの土地を買った。おじはその農場に一万九千五百ドル払った。俺はちゃんとわかってやってんだと言ってたけどね。それがどうなったかは知ってるだろう。そう。三万八千で売ったんだ。ここみたいな土地なら……。まあ確かにちょこっと手入れをせんといかんな。そりゃそのとおり。でも出した金が倍になるかもしれんぞ皆の衆。土地は、とくにこの辺の土地は、どえらく堅い投資物件だ。絶対に確実だ《サウンド・アズ・ア・ダラー》（慣用句だが、文字通りの意味は〝ドルと同じくらい確実〟で、先ほどドルは目減りすると言ったことと矛盾する）。これはほんと真面目に言ってんだよ。

松林のなかで谺が無茶苦茶な理屈を繰り返した。それから谺がやんだ。群集のあいだに呟きが渡った。競売人はハンドスピーカーを別の男に渡した。その男が言った。あそこにいる保安官を呼んでくれ、ＣＢ。

競売人は保安官に手で合図してから眼の前に立っている男のほうへ背を屈めた。無精髭を生やした小柄な男はライフルを持っていた。

なんの用だ、レスター。

前にも言ったろ。俺の土地から出ていきやがれ。集まってるこのくそ馬鹿どもを連れて。

言葉に気をつけろよ、レスター。ご婦人がたもいるからな。

誰がいようと関係ねえ。

ここはお前の土地じゃない。

馬鹿言いやがれ。

この件じゃお前一ぺんぶちこまれてるじゃないか。もう一ぺん臭い飯が食いたいか。保安官があそこにいるんだぞ。

どこに保安官がいようと関係ねえ。お前らくそ野郎どもは俺の土地から出ていけってんだ。聴こえてるか。

競売人はトラックのテールボードにしゃがんでいた。自分の靴を見おろし細革《ウェルト》についた乾いた泥をつまみとっている。ライフルを持った男をまた見あげたときその顔はにやついていた。競売人はこう言った。レスター、訳のわからんことを言ってるとゴム張りの部屋へぶちこまれるぞ。

ライフルを片手で持った男は一歩後ずさりした。ほとんどしゃがむように腰を屈めて空いたほうの手の指を一杯にひろげて集まっている群集を押し戻すような仕草でそちらへ手のひらを向けた。それからトラックから降りろと低く鋭く言った。

トラックの上の競売人は唾を吐き眼を細めて相手を見た。どうする気だ、レスター、俺を撃つのか。お前から土地を取りあげたのは俺じゃない。郡だ。俺はただ雇われて競売をやってるだけだ。

トラックから降りろ。

男の背後にいる楽師たちは昔の郡農畜産物共進会の射的で使われた陶器の的のように見えた。

こいつ狂ってるぜ、CB。
CBは言った。撃つんなら今ここで撃てよ、レスター。俺はどこへも行かないぜ。

レスター・バラードはそれ以後頭をまっすぐ立てていられなくなったよ。首を変な具合にひねっちまったんだな。俺はバスターが殴るところは見なかったがレスターが地面に倒れているのは見た。俺は保安官といっしょにいたんだ。奴はあおむけに倒れて頭にひどいたん瘤をこさえ斜視の眼でみんなを見あげていたよ。そうやって倒れたまま耳から血を流していた。バスターはまだ斧を持ったままそばに立っていた。レスターは郡の車で連れていかれてCBは何事もなかったみたいに競りを続けたがそのCBも言ったようにあの騒ぎがなきゃ競りに参加してたはずの連中が何人か参加しなかった。まあバラードはそれを狙ってたのかもしれないな。競り落としたジョン・グリアーはもともとグレインジャー郡の人間だ。いや別にグリアーの悪口を言ってるわけじゃないよ。

フレッド・カービーが前庭にいるときはいつもいる水道の蛇口のそばにしゃがんでいるとバラードが通りかかった。バラードは道で立ちどまりカービーを見た。よう、フレッド、と声をかけた。

カービーが手をあげてうなずいた。ちょっと寄ってけよ、レスター、と言った。

バラードは切り立った崖のきわまで行ってカービーがしゃがんでいる場所を見あげた。

ウイスキーあるか、とバラードは訊いた。

あるかもしれん。

一瓶売ってくれよ。

カービーが立ちあがった。バラードは言った。金は来週払うから。カービーはまたしゃがんだ。

あした払うから、とバラードは言った。

カービーは顔を横へ向け鼻を親指と人さし指でつまんで青洟を草の上にチンと飛ばし指をジーンズの膝で拭いた。畑のほうを見た。そりゃ駄目だ、レスター、と言った。

何を見ているのかとバラードもそちらを見たが相も変らぬ山並み以外に何もなかった。

バラードは足を踏みかえてポケットに手を入れた。物と交換でいいか、と訊いた。

いいよ。何がある。

ポケットナイフ。

見せてみな。

バラードが刃を開いて上に投げあげるとナイフはカービーの靴の脇の土に突き立った。

カービーはちょっとそれを見ていたあと手に取って刃をジーンズの膝で拭きそこに刻まれた名前を見た。刃を閉じてまた開き靴底を薄く削った。よし、いいだろう、とカービーは言った。

立ちあがってナイフをポケットに入れると道を横切って小川のほうへ行った。

バラードはカービーが野原の縁を歩き忍冬《すいかずら》の繁みを蹴りながら捜し物をするのを見た。
一、二度こちらを振り返った。バラードはそっぽを向いて青い山並みを眺めていた。

しばらくしてカービーが戻ってきたがウイスキーは持っていなかった。バラードにナイフを返した。見つからねえ、と言った。

見つからねえ？

ああ。

くそ。

あとでもう少し捜しとく。隠したとき酔っ払ってたんだろな。

どこへ隠したんだ。

わからねえ。すっと行けると思ったがどうも自分で思ってたのとは違うところへ隠したみたいだ。

くそったれが。

見つからなきゃまたつくっとくよ。

バラードはナイフをポケットに入れ相手に背を向けてまた道を歩きだした。

そこに屋外便所があったとわかる名残は雑草が突然変異的に巨大化して生えている浅い穴の底の湿気で軟らかくなり鮮やかな緑の苔を生やした数片の木板だけだった。バラードはその脇を通り納屋の後ろへ行って白花洋種朝鮮朝顔や犬酸漿《いぬほおずき》の繁みを踏みしだいてからしゃがんで脱糞した。一羽の鳥が暑い埃っぽい羊歯の繁みで啼いている。鳥が飛び立った。枝についた木の葉で尻を拭き立ちあがってズボンを引きあげた。嵩のある暗色の糞には既に緑色の蝿が数匹たかっていた。バラードはズボンの前ボタンをとめて家のほうへ戻っていった。

二間だけの家だった。それぞれの部屋に窓が二つあった。裏窓から外を見ると軒まである高草の堅固な壁があった。玄関にはポーチがありその周辺も雑草がおびただしかった。五百メートルほど離れた道路からは灰色の柿葺《こけら》きの屋根と煙突しか見えない。バラードは雑草を踏み分けて小道をたどり裏口へ回った。ポーチの軒下に雀蜂の巣があったのを叩き落とした。雀蜂が一匹ずつ出てきて飛び去った。バラードは屋内に入り厚紙の切れ端で床を掃いた。古新聞を掃きあつめ狐やオポッサムの乾いた糞を掃き出し天井から落ちた煉瓦色の漆喰の塊と何かの蛹の黒い抜殻をいっしょに掃き出した。窓を閉めた。ガラスの一枚が音もなく乾いた桟を離れ傾いてきたのをバラードは両手で受けとめた。それを窓敷居に立てた。

暖炉の炉床には煉瓦とモルタルが一山置かれていた。鉄製薪載せ台の半分も。煉瓦を外に投げ出しモルタルを掃くと四つん這いになり首をひねって煙突の内部を見あげた。水っぽい光を背景に蜘蛛の巣が見えた。土の臭いと古い煙の臭いが鼻をつく。古新聞を丸めて炉床に置き火をつけた。古新聞はゆっくり燃えた。小さな炎がぷちぷち音を立てながら紙を縁から食い進んだ。紙が黒くなり巻き返って震えるそばへ蜘蛛が糸でぶらさがってきて灰の薄く積もった炉床に着地した。

午後遅く汚れた亜麻布のカバーをつけた薄いマットレスが家に向かって藪のなかを渡っていった。マットレスを頭と肩にかぶせて運ぶレスター・バラードが牛尾菜《しおで》や黒苺に向かって呟くくぐもった罵りの言葉は誰の耳にも届かなかった。

小屋に着くとマットレスを床に放り出した。埃の枠が下から噴き出し軽く凹んだ床板の上を滑ってから鎮まった。バラードはシャツの前を持ちあげて顔と頭の汗を拭いた。半ば狂っているように見えた。

暗くなるまでに所有物すべてを殺風景な部屋に運びこんだバラードはランプに火をともして床の真ん中に置きその前にあぐらをかいて坐った。針金ハンガーに薄切りにしたジャガイモを何枚か突き刺してランプの火屋の上にかざす。ほぼ真っ黒になるとナイフで針金からはずして皿に載せ一切れ突き刺して息を吹きかけ齧った。ジャガイモを下の歯に載せて口を開けたまま空気を吸いこむ。嚙むあいだはその熱さをなじってジャガイモに毒づいた。灯油の味がしてなかのほうが生だった。

ジャガイモを食べ終えると煙草を一本巻きランプの火屋の縁の震える炎で火をつけ煙を吸いこみ口と鼻の穴から渦巻く煙を吐き出し物憂げに小指で灰をズボンの折り返しにはたき落とした。掃きあつめた新聞紙の一枚をひろげ唇を動かしながら小さな声で読む。とうに死んだ人たちの旧聞、忘れられた出来事、特許医薬品や家畜売却の広告。焦げて短くなり灰になるまで煙草を吸った。ランプの火を火屋の裾を染めるオレンジの微かな光になるまで小さくし革の作業靴とズボンとシャツを脱いで靴下を履いただけの裸になりマットレスにあおむけに寝た。壁板のほとんどはハンターが剝ぎとって焚火にしてしまっており窓の上の周囲の壁がなくなったあとに残った横木からは黒い蛇の腹の一部から尻尾の先までが垂れさがっていた。バラードは身体を起こしてまたランプの火を大きくした。立ちあがって手をのばし蛇の薄蒼い腹の側を人さし指でつついた。蛇は勢いよく前に飛び出し床にどたりと落ちて溝を流れるインクのようにくねりながら戸口から外に出て姿を消した。バラードはマットレスの上に坐りランプの火を小さくしてまた横になった。暑い静寂のなかで何匹かの蚊が近づいてくる音が聴こえた。じっと寝たまま耳を澄ました。しばらくしてうつぶせになった。またしばらくすると立ちあがって暖炉の脇に立てかけたライフルを取りマットレスの脇に置いてまた横になった。ひどく喉が渇いた。その夜は氷のように冷たい真っ黒な水が流れる山のせせらぎを夢に見ながら死人のように口を開けてあおむけに寝ていた。

あいつが昔やったことを一つ憶えてるよ。第十区小学校でいっしょだったんだ。学年は俺のほうが上だったけどな。あるときあいつはソフトボールを受け損ねてそのボールが道の向こうの原っぱへ転がっていった……。けっこう距離があって茨やら何やらが一杯生えてたからあいつはフィニーって子に取ってこいと言った。フィニーの坊主はあいつより年がいくつか下だった。あいつはあのボールを取ってこいと言った。フィニーの坊主は行かなかった。レスターは近づいていって取りにいったほうがいいぜと言った。フィニーの坊主がいやだと言うとレスターはもう一ぺん命令した。お前あのボール取ってこないと口をぶん殴るぞ。フィニーの坊主は怖がってたけど根性出して俺が投げたんじゃないと言った。俺らはただ見てた。あんただってそうしたと思うよ。バラードはそこでやめとくかもしれなかったからな。でも坊主が命令をきかなくて奴はちょっとの間《ま》じっと立ってたがいきなり坊主の顔を殴りやがったんだ。鼻から血がばっと飛んでフィニーの坊主は道に坐りこんだ。それからしばらくして立ちあがった。誰かが貸してくれたハンカチを鼻にあてた。腫れあがって血が出てたよ。フィニーの坊主はレスター・バラードをじっと見てたがそのうち道を歩いていっちまった。俺はなんかこう……いやよくわからんが。俺らはえらく厭な気分だった。その日からレスター・バラードが好きになれなくなった。その前だってそんなに好きじゃなかったがね。俺は何もされたことはないんだが。

バラードは夜露の降りた地面にうつぶせに寝て心臓をどくどく打たせていた。フロッグ山のUターン路を取り巻くまばらな雑草が斜めに生えた草地に駐められた車をじっと見つめる。車内で煙草の火が光っては消え深夜のDJが後部座席での誘惑について与太話をしていた。ビールの缶が砂利の上に落ちてからんと鳴った。真似鶫《まねしつぐみ》が啼きやんだ。

バラードは身体を低くして道端から大股にゆっくり走り出て車の埃をかぶった冷たいリアフェンダーに影を落とした。浅い息をつき眼を大きく見開いてラジオの声ではない声を聴きとろうと耳を澄ます。若い娘がボビーと呼んだ。それからまた呼んだ。

バラードは車のリアクォーターパネルに耳をつけた。車が小さく揺れはじめた。バラードは立ちあがり一か八かウィンドーの隅から車内を覗いてみた。二本の白い脚が影の塊を挟みつけている。その黒い影は欲情する奴隷の夢のなかで白人女を犯す黒い淫夢魔《インキュバス》のようだ。

黒んぼめ《ニガー》、とバラードは呟いた。

ああ、ボビー、ああ、ああ、と娘は言った。

バラードはズボンの前ボタンをはずしてフェンダーに射精した。

あああ、と娘は言った。

窃視者は膝をがくがくさせながら見ていた。真似鶫が啼きはじめた。

黒んぼめ、とバラードは言った。

だがウィンドーの内側にぼんやり見えている顔は黒くなかった。ガラスを挟んで顔はひどく大きく見えた。一瞬顔と顔を見合わせたがすぐにバラードは地面に伏せ心臓を激しく打たせた。ラジオの音楽がかちりというこもった音とともにやみ二度と始まらなかった。

車の反対側のドアが開いた。

場違いなところにいる誰にも愛されない猿といった感じのバラードは急いでUターン路を横切って先ほどまでいた潰したビール缶や紙屑や腐ったコンドームが捨てられている粘土と薄い砂利の草地に戻った。

とっとと失せやがれ、このくそ野郎。

声は山まで飛んではね返り威嚇の力を失った戸惑いぎみの声になって戻ってきた。あとには静寂が残り初夏の黒い夜に忍冬の花の濃厚な匂いが漂っているだけだった。車のエンジンが始動した。ヘッドライトが点灯しぐるりと輪を描いたあと道路を走り去った。

どうなのかねえ。親父が自殺してから変になったとみんな言うけどね。あいつは一人っ子だ。お袋は男と駆け落ちしたんだ。誰とどこへ逃げたかは知らんよ。俺とセシル・エドワーズがあの親父のロープを切ってやったんだ。あいつは店に入ってきて雨が降りだしたよと知らせるみたいな感じで知らせた。行って納屋に入ったら足がぶら―んとしてたな。ロープを切ったら親父は床にどたっと落ちた。吊るした肉を落としたみたいだった。あいつはじっと突っ立って何も言わんかった。九つか十じゃなかったかな。親父の眼はザリガニみたいに飛び出して舌がチャウチャウの舌より黒くて。やるんなら首吊りじゃなくて毒かなんかでやってほしいもんだな。ああいうのを見せられるのは堪らんよ。

あの男もグリアーにぶん殴られたときはひでえ面になったな。

ああ。でも俺は血を見るんならまだいいんだよ。眼玉が飛び出てるなんてのは御免なんだ。

グレシャム爺さんが奥さんに死なれたあと変になっちまった話をしようか。奥さんをシックスマイルの墓地に埋めたとき牧師さんが短い話をしたあとで爺さんに土をかける前にあんたも何か言うかと訊いたら爺さんは帽子を手に持ったまま椅子から立ちあがった。椅子から立ってつまらんブルースを歌ったんだ。くそつまらんブルースを。いや歌詞はどういうのか憶えてないがとにかく全部歌ってからまた椅子に坐ったんだ。でも頭がおかしいってことじゃレスター・バラードの足もとにも及ばんね。

夜の闇がここよりもっと暗い場所があるなら彼はそこを見つけてねぐらにしていただろう。荒れ果てた家で同居している無数の蟋蟀《こおろぎ》の声がやかましくてバラードは耳の穴に指を詰めて横になっていた。ある夜マットレスに寝ていると何かが部屋のなかを走りまわる音が聴こえ（身を起こしたときに見えたのだが）開いた窓から幽霊のように飛び出していった。バラードは上体を起こしたままその窓を見つめたがその何かはもう消えていた。フォックスハウンドが大声で吠え苛まれているかのように苦悶の声で啼きながら谷間の川縁を登ってくるのが聴こえた。犬どもは家の前庭になだれこみソプラノの咆哮や小競り合いで大騒ぎをした。裸で立ちあがったバラードが蒼白い星明かりで見たのは玄関が吠え立てる犬どもで一杯になっているさまだった。そいつらは斑の毛衣の脈打つドア枠といった風だったがすぐに身体を低くして入ってきて部屋を満たし犬の上に犬が重なって室内をぐるぐる回り啼き声に啼き声を重ねて窓から外に出るついでに窓の桟、次いで窓枠を道連れにしてあとに残ったのは壁の四角い穴とバラードの耳のなかで鳴り響く犬の啼き声の名残だけだった。毒づきながら突っ立っているとさらに二匹の犬が戸口から入ってきた。そばを通った一匹を蹴ろうとして骨ばった尻に裸足の爪先が当たった。片足でぴょんぴょん跳ねながら喚いているとまた一匹が部屋に入ってきた。バラードは飛びかかり片方の後肢をつかんだ。犬は憐れな声をあげた。犬を無茶苦茶に殴りつけるとほとんど何もない部屋のなかでバラードの毒づく声と犬の吠える声の凄まじい騒音に交じって太鼓を叩くような殴打音がどすどす響いた。

採石場の森を通り抜ける道を登っていくとあたりには大きな石のブロックや板が風雨に晒されて灰色になり濃い緑色の苔を生やしており樹木と蔓草のあいだには石柱が古い人類の遺跡のように倒れていた。雨がちの夏の日だった。露天掘りの穴は静まり返った暗い翡翠の水をたたえ苔むした石壁が高く切り立ち虚空に斜めに張られた針金に青い小鳥が一羽とまっていた。

バラードはライフルを構えて小鳥を狙ったが何か古風な悪い予感のようなものを覚えて撃たなかった。鳥もそれを感じたのだろう。飛び立ってしまった。小さな鳥。とても小さな鳥。もうそこにはいなかった。森には沈黙が充満していた。バラードは親指の腹で撃鉄をおろしライフルを軛のように肩に横たえて銃身と銃床に左右の手首を引っかけて採石場の道を登った。ひしゃげた空缶やガラスの破片がめりこんだ泥道。ゴミが散らばった藪。

森の外に屋根と煙突から昇る煙が見えた。やがて空地に出ると道の左右に一台ずつぼろを着た歩哨のように控える上下転倒した車のあいだを通り廃品とゴミの大きな土手のあいだを進んで廃品置場のはずれの家に向かった。弱い陽を浴びている色と模様のとりどりな猫がバラードを見送った。バラードは大きな斑《ぶち》の猫にライフルを向けてバンと言った。猫は興味なさそうにバラードを見た。この人間はあまり頭が良くないと考えたように見えた。バラードは唾を吐きかけた。猫はすぐに太い前肢で頭の唾を拭いとり前肢を舐めはじめる。バラードはゴミや車の部品に挟まれた道をさらに進んだ。

　廃品処理屋は妻に九人の娘をぽこぽこ産ませてゴミのなかから拾った古い医学辞典から選んだ名前をつけた。黒い腋毛を生やしたひょろりと背の高い娘たちは来る日も来る日も廃品置場の狭い空地に置かれた椅子や木箱に坐り大きな眼をきょろつかせて怠惰に過ごし生活に疲れた母親が一人ずつ名前を呼んで家事を手伝うようと命じると娘たちは一人ずつ肩をすくめたり眠たげな眼で瞬きをしたりした。名前は尿道《ユアリースラ》、小脳《セラベツラ》、脱腸《ハーニア》・スーといった具合。娘たちは猫のように動き盛りのついた雌猫が雄猫を惹き寄せるように近隣の若い男たちを惹き寄せるので父親は夜外に出て適当にその辺へショットガンを撃ち夜這いの予防をした。父親は娘たちの年齢を憶えておらずどれがどれより年上かの区別もつかず娘たちが若い男と付き合うのを許していいのかどうか判断しかねていた。娘たちは猫なみの本能で父親のこの迷いを察知していた。若い男たちは堕落した騎士たちの馬上競技会の騎乗馬といった趣の醜悪なセダンや黒人流に派手に飾り立てたさまざまな不正改造車で昼夜を問わず出没した。青いテールランプやクロムめっきした喇叭、車の尾部につけた狐の尻尾、運転席の大きな骰子や人造毛皮製の悪魔の飾り。ありあわせの部品で修理し車高を低くした車で轍のついた道をがたごとやってきた。そうした車には長い陰茎と大きな足を持つ田舎の痩せた若者たちがぎっしり乗りこんでいる。

娘たちは一人また一人と妊娠した。父親は孕んだ娘を殴った。母親は泣き喚いた。この年の夏には三つの出産があった。二部屋しかない家とトレーラーハウスは満杯になった。一人がそこらじゅうで眠った。一人の娘が連れてきた男を夫だと紹介したが男は二日ほどいただけで二度と姿を見せなかった。十二歳の娘の腹までが膨らみはじめた。空気が息苦しくなった。悪臭がこもった。父親は部屋の隅にぼろ布の山を見つけた。ぼろ布には小さな黄色い便が包まれていた。ある日廃品置場の向こうの葛が繁茂して密林と化した森のなかで遊牝《つる》んでいる二つの人影に出くわした。木の陰から様子をうかがうと女は娘の一人だとわかった。父親は後ろから忍び寄ろうとしたが警戒心の塊である若い男はぱっと飛びあがりズボンを引きあげながら森のなかを駆けだして逃げていった。父親が持っていた杖で娘を打ちはじめた。娘が杖をつかんだ。父親はよろめいた。二人はもつれあって落葉の上に倒れた。娘の濡れた股間が生臭い匂いを立てた。薄黄色の下穿きは繁みの枝からぶらさがっていた。父親の周りの空気が電気を帯びた。気がつくとオーバーオールを膝までずりさげて娘にのしかかっていた。父ちゃんやめて、と娘は言った。父ちゃん。うーー。

あの野郎なかに出したか。

ううん。

父親は自分のものを引き出してぎゅっと絞り娘の腿に精液を引っかけた。くそったれが、と父親は言った。オーバーオールを引っ張りあげてゴミ溜め場のほうへ熊のようにのそのそ歩いていった。

そしてバラードも娘たちを狙っていた。眼を細め無関心そうな風を装ってライフルを手に持つか肩に担ぐかしてやってきて庭に置かれた詰物の分厚いソファーに廃品処理屋といっしょに坐り生のジャガイモを交互に齧りながら半ガロン瓶の質の悪い密造ウイスキーを飲んでいるとあばら家のなかから年若い娘たちが覗いてくすくす笑った。バラードが眼をつけていたのは背の高い金髪の痩せた娘でよく足を椅子などにあげて坐るので下穿きが見える。よく笑う娘で靴を履いているところは見たことがないが下穿きはいつも違う色で土曜日には黒いものを穿いていた。

バラードがトレーラーのそばを通りかかったときこの娘が洗濯物を干していた。いっしょにいる五十ガロンのドラム缶に腰かけた男がこちらを向き声をかけてきた。娘はすぼめた口をバラードのほうへ突き出してウィンクをしそれから頭をのけぞらせてけらけら笑った。バラードはにやりと笑いライフルの銃身で腿をぽんぽん叩いた。

やいまぬけ、と娘は言った。

何笑ってんだ。

何見てんのよ。

そりゃおめえのいいチチを見てんだろうよ、とドラム缶に腰かけた男が言った。

あんた見たいの。

見てえ、とバラードは言った。

じゃ二十五セント。

持ってねえよ。

娘は笑った。

バラードはじっと立ってにやにやしていた。

いくら持ってんの。

十セント。

あと二セント半どっかで借りてきたら片っぽ見れるよ。

つけ《オウ・ィ》にしてくれ、とバラード。

舐め《ブロウ・ミー》させてくれ？　と娘。

つけだ、とバラードは顔を赤くして言った。

ドラム缶に腰かけた男がぴしゃりと膝を叩いた。おいおい、と男は言った。十セントでレスターに見せられるもんがねえのかよ。

もう五十セント分ほど見たよ。

何言ってんだ。まだ何も見てねえ。

見なくていいよ。娘がそう言って背を屈め洗い桶から濡れた衣類を引きあげて振ったとき、バラードは服の襟のなかを覗こうとした。娘は背を起こした。一人でチンコ固くしてな、と言うとくるりと向こうを向いてまたあの唐突な半分狂ったような笑い声を立てた。猫に咬まれても平気なくらい固《かて》えよな、バラード。

あたしあんたらの相手してる暇なんかないんだ、と娘は言い、またこちらを向いてにやにや笑いながら洗い桶を持ちあげた。腰を片側へ突き出しそこへ洗い桶を載せ二人を見た。小さなトレーラーハウスの向こうでは父親が空を背に歩いてタイヤを転がしており燃やされている古タイヤの山から悪臭のするロープのような黒煙が立ちのぼっていた。ふん、と娘は言った。一ぺん見たらもうほかのじゃ絶対満足できなくなるよ。

二人の男は娘が道をゆっくり登って家に向かっていくのを見た。俺はそれでも見てえな、と男は言った。お前もそうだろ、レスター。

バラードは俺もだと答えた。

シックスマイル教会の会衆は礼拝が始まったあと背後のドアが開くたびに人形劇に登場する人形一同のように一斉に振り向いた。バラードが手に帽子を持って入りドアを閉めて最後列の席に一人腰かけたときにはほかのときより遅く顔を前に戻した。風が立てる小波のような囁きがひろがった。牧師が説教を中断した。沈黙を正当化するために演壇の水差しからコップに水を注いで一口飲みコップを置いて口もとを拭いた。

みなさん、と牧師は話を続けたがバラードには聖書を話題にしたちんぷんかんぷんの話なので教会の戸口に掲げられた掲示物を読んでいた。今週の献金額。先週の献金額。六ドル七十四セント。参加者数。表の樋を啄木鳥《きつつき》がつつくので会衆は耳を澄まし鳥のいるほうを向いて早く静かにしないかという顔をした。バラードは風邪を引いていて礼拝のあいだ鼻をぐすぐす鳴らしたがどうせバラードは神ご自身が振り返ってじろりと睨んでも鼻を鳴らすのをやめないとわかっているので誰も振り返らなかった。

夏の終わりの小川にはバスがいた。バラードは陽が当たるほうの川縁を歩いて木の繁み越しに水の淀んだ場所を一つ一つ覗いた。ここ数週間の食事は畑で盗んだ玉蜀黍や野菜のほかライフルで撃った蛙が何匹かだけだった。高い草むらのなかで膝をつき澄んだ水のなかで尾鰭を揺らしながらじっとしている魚に話しかけた。お前よく肥えてやがるな。

バラードは家までゆっくり大股に駆けていった。戻ってきたときにはライフルを手にしていた。川沿いに移動し菅《すげ》と茨の繁みにそっと身を潜めた。眩しくないよう太陽の位置を確かめてからライフルの撃鉄をあげて四つん這いで進む。土手から川を覗く。それから膝立ちの姿勢になる。それから立ちあがった。浅瀬からやや下流にウォルドロップの牧場の牛の群れが腹まで水に浸かっていた。

てめえら、とバラードは低い嗄れ声で毒づいた。川水が赤茶けた泥で濃く濁っていた。

ライフルを取りあげて構え発砲した。牛たちは白眼をむき赤茶けた水のなかで激しく動いて身体の向きを変えた。うち一頭は首を奇妙な角度に曲げて岸に向かった。岸で足を滑らせて転倒しまた起きあがった。バラードは歯を嚙みしめてそれを見ていた。くそ、と言った。

奴がやったことをもう一つ話すよ。老いぼれの雌牛が言うことをきかなくて何やっても駄目でな。押しても引いても殴っても駄目で奴はくたびれちまった。それでスクワイア・ヘルトンからトラクターを借りてきて牛の首にロープを引っかけてトラクターで思うさま引っ張ったんだ。たるんでたロープが伸びきったときには牛の首が抜けそうになった。抜けはしなかったが骨が折れて牛は即死しちまったよ。嘘だと思ったらフロイドに訊いてみな。

何か弱みでも握られてたのか知らんがウォルドロップは奴を追い出さなかった。奴に家を焼かれちまったときも何も言わなかったんじゃなかったかな。

それで憶い出すのはトランサムのせいがれが去年か一昨年《おととし》に年寄りの雄牛を共進会に連れてきたときのことだ。牛どもが不貞腐れて動かなくなっちまったんで牛の腹の下で火を焚いた。牛は下を見て火が燃えてるのを見て五歩歩いてまたとまったんだ。ふと見たら引っ張ってる荷車の真下に火が来てる。トランサムのせがれはわーっと喚いて荷車の下に潜りこんで帽子で火を叩き消しはじめたがそのときまた年寄りの牛どもが歩きだした。それでトランサムのせがれは動きだした荷車に轢かれて両脚の骨を折っちまった。あんな根性曲がりの牛はなかったよ。

ちょっと寄ってけよ、レスター、と廃品処理屋が呼んだ。

誘われるまでもなくバラードはここを訪ねてきたのだった。よう、ルーベル、とバラードは言った。

二人はソファーに坐って地面を見た。ルーベルは杖で地面をとんとん叩きバラードはライフルを両膝のあいだに立てた。

今度はいつ鼠を撃ってくれる、と廃品処理屋は訊いた。

バラードは唾を吐いた。いつでもいいよ。

このままじゃ奴らに殺されちまうからな。

バラードがちらりと視線を飛ばした屋内の薄闇のなかを半裸の娘が横切った。赤ん坊が泣いていた。

あんた奴らを見かけなかったかな。

奴らって。

ハーニーと下から二番目の娘。

どこにいるんだ。

それがわからねえ。家出したんだろう。もう三日も姿が見えない。

金髪の子か。

ああ。あいつとハーニーだ。この辺のまぬけ野郎が何人かいっしょだろうが。

ははあ、とバラードは言った。

まったくうちの娘どもはなんであんなに無茶苦茶なんだか。あいつらの婆様はここらで一番教会通いに熱心な人だったのに。おいどこへ行くんだ、レスター。

もう行くよ。

暑い盛りのあいだは急がんほうがいいぞ。

ああ、とバラードは言った。俺はあっちへ行く。

鼠を見かけたら撃ってくれ。

見かけたらな。

何匹か見るだろよ。

採石場への道を歩いていくと犬が一匹ついてきた。乾いた口笛を小さく吹き指を弾くと犬はズボンの折り返しの臭いを嗅ぎにきた。バラードと犬は道をたどった。

バラードは大きな石の階段で採石場の乾いた底（露天掘りの採石場は地下水が溜まって深い池になることが多い）に降りた。周りを囲む表面に縦筋が走りドリルの穴があいた大きな石壁が巨大な劇場をなしていた。古いトラックの残骸が一つ忍冬の繁みのなかに横たわっていた。石のかけらが散らばる畝模様のついた石床を横切った。トラックは機関銃で撃たれたように見えた。採石場のはずれに屑石やゴミの捨て場がありそこでバラードは古いストーブや給湯器を傾けたり自転車の部品や錆びたバケツを調べたりいろいろなものを物色した。柄が傷だらけの使い古した包丁を掘り出す。犬を呼ぶとその呼び声は石から石へリレーされてまた帰ってきた。

道に戻ると風が出ていた。どこかでドアがばたんばたんと鳴る音が無人の森のなかで気味悪く響いた。バラードは道を歩いていった。錆びたトタン板の小屋がありその向こうに木の塔が見えた。バラードは見あげた。塔の頂上にドアがありそれが軋りながら開きまた閉じていた。周囲を見まわした。屋根のトタン板がかたかた鳴ったり大きな音を立てたりし採石場の小屋のそばの何もない敷地で白い砂埃が舞っていた。バラードは砂埃を透かして道の向こうを見た。郡道に出るころには雨が降りだしていた。もう一度犬を呼んでしばらく待ちそれからまた歩きだした。

気候は一夜で変わった。秋の訪れとともに空はバラードが嘗て見たこともない青に染まった。あるいは見た記憶のない青に。バラードは一時間ほど太陽を背に風に吹かれる萱の野に坐っていた。まるでこれから来る冬に備えて体内に熱を溜めているようだった。玉蜀黍収穫機が唸りながら畑を刈り進むのを眺め夕方になると野鳩といっしょに噛まれて傷んだ茎のあいだに落ちた実をあさり袋数枚分集めて真っ暗になる前に小屋へ運んだ。

山の堅木の葉は黄色く燃えあがり最後には完全な裸木になった。季節は初冬となり冷たい風が黒い不毛の枝のあいだを吹き抜けた。がらんとした小屋に一人いる無断居住者は埃に覆われたガラスを透して骨色の月の細いかけらが山の端の黒いバルサム樅の木々の上へ這いのぼるのを見ていたがその木々は濃い灰色の冬空に黒いインクでさらさら描いた素描のようだった。

バラードはたいてい一人でいた。カービーの店に酒を飲みに行く男達はよく夜の道にたった一人でいるバラードの前屈みの姿を見かけたが手にしたライフルはまるで手から取りはずせない物のように見えた。

痩せ細り僻みきっていた。

発狂したと言う者もいた。

悪運の星の囚になっていた。

十字路に立って誰かの猟犬が山で吠える声に耳を傾けた。たまに通る車のヘッドライトの光に惨めだが傲然とした姿を浮かびあがらせることがあった。渦巻く砂埃のなかで毒づき呟き走り去った車に唾を吐きかけた。車高の高い古いセダンのなかでは男たちが銃とウイスキーを積んで肩を押し合うようにして坐りリアデッキには鳥猟用の細身の犬が寝そべっていた。

ある寒い朝フロッグ山のUターン路でバラードは白いナイトガウンを着た女が木立で眠っているのを見つけた。死んでいるのかどうかしばらく様子を見た。石を一つ二つ投げると一つが女の脚に当たった。髪に落葉を沢山くっつけた女が重たげに身動きした。バラードはさらに近づいた。寝巻の薄い布地の下に重そうな乳房と下腹の黒い繁みが見えた。膝をついて女に触った。女のゆるんだ口がひくついいた。眼が開いた。鳥のように瞼が下に開いたように見え眼球は充血していた。唐突に身体を起こしウイスキーと腐敗物の甘ったるい臭いを漂わせた。猫が喚くときのように歯を見せて口を開いた。なんの用だい、このくそ野郎、と言った。

寒くないか。

あんたになんの関係があんだよ。

関係はねえ。

バラードは立ちあがりライフルを手に女を見おろした。

服はどこにあるんだ。

女は立ちあがろうとして後ろによろけ落葉の上に思いきり尻餅をついた。それからまた立ちあがった。身体を揺らしながら瞼がぽってり腫れた眼でバラードを睨んだ。くそ野郎、と女は言った。視線をあちこちへ投げた。石を見つけてぱっと飛びかかりそれを手によろよろと立ちあがった。

バラードの眼が細くなった。そいつを置け。

誰が置くか。

置けってのに。

女が石を後ろへ引いて威嚇した。バラードは一歩前に出た。女が石を振りかぶってバラードの胸に打ち当てたあと両手で自分の顔を覆った。バラードが力一杯女の顔をはたいたので女の身体がくるりと回りまたこちら向きになった。女が言った。絶対こんなことすると思ってたよ。

バラードは自分の胸に手をあて血が出ていないか確かめたが出ていなかった。女は両手に顔を埋めていた。バラードは女のナイトガウンのベルトをつかみ強く引いた。薄いナイトガウンの前が腰のあたりまで二つに分かれた。女は顔から手を離してナイトガウンをつかんだ。乳首が寒さで固く青くなっていた。やめろ、と女は言った。

バラードは薄手のレーヨンをぐいとつかみ毟りとった。女は足を滑らせて踏みにじられた冷たい草の上に尻餅をついた。バラードはナイトガウンを掻いこんで後ろにさがった。それから相手に背を向けて道を歩きだした。素裸で地面に倒れた女はバラードの後ろ姿を見ながらいろいろな罵詈雑言を浴びせた。

フェイトはいい人だよ。ずけずけものを言うが俺は好きだな。何べんもいっしょに車に乗ってパトロールしたもんだ。夜にフロッグ山のUターン路へ行ったら車が駐めてあったことがあってフェイトがライトで照らしてその車に近づいていった。乗ってた小僧は、はい、いいえと行儀よく答えた。女の子がいっしょに乗ってたんだ。免許証を見せろと言ったら一頻りあちこち捜したが財布にもどこにもない。それでフェイトは車から降りろと言った。女の子は真っ青な顔で坐ってたそうだ。小僧はドアを開けて車から降りた。フェイトはそいつを見て俺に怒鳴った。ジョン、ちょっと来て見てみろ。

行ってみると小僧が車の脇に立って下を見てる。保安官も下を見て小僧をライトで照らしてる。俺たち三人はじっと小僧のズボンを眺めた。ズボンは表裏逆さまなんだ。ポケットが全部外側にぶらんと垂れてて。まったく奇天烈だったよ。保安官はもう行っていいと言った。それで運転できるかねと訊いた。そういう茶目っ気のある人なんだ。

バラードがポーチに出ると前庭に顎に損傷のある痩せた男がしゃがんで待っていた。

よう、ダーファズル、とバラードは言った。

よう、レスター。

男はビー玉を口一杯頬ばったような喋り方をした。銃で吹き飛ばされた顎を山羊の骨で修復しているので発音が不明瞭になるのだった。

バラードも前庭で男と向き合ってしゃがんだ。まるで便秘に苦しむ雨樋の怪物像《ガーゴイル》といった風だった。

Uターン路で女を見つけたんだって？

バラードはふんと鼻を鳴らした。女って？

あそこにいた女だよ。ナイトガウンを着てた女。

バラードは剝がれて取れかけた靴底をつまんだ。その女なら見たよ。

その女、保安官のところへ行ったんだ。

そうなのか。

男は顔を横に向けて唾を吐きまたバラードのほうを向いた。保安官はプレスを逮捕したよ。

俺には関係ねえ。俺はあの女とはなんの関係もねえんだ。

女はあると言ってるぜ。

嘘つきのくそ女なんだ。

男は立ちあがった。とにかく知らせてやろうと思ってな。あとはどうでも好きにすりゃいいや。

セヴィア郡の保安官は裁判所の玄関から出てきてポーチで足をとめ灰色の芝生を見おろしたがそこのベンチではセヴィア郡ポケットナイフ協会の会員が集まって何かを削ったりぼそぼそ話をしたり唾を吐いたりしていた。保安官は煙草を一本巻いて葉の箱を注文仕立てのシャツの胸ポケットに戻し煙草に火をつけ階段を降りて独特の細め方をした眼でこの高地地方の郡庁所在地である小さな町の朝の情景を眺めた。

一人の男が玄関のドアを開いて呼んだので保安官は振り返った。

ミスター・ギブソンが捜してます、と男が言った。

俺の居場所は知らないことにしてくれ。

わかりました。

コットンはどこだ。

車を取りにいきました。

さっさと来りゃいいのに。

来ましたよ、保安官。

保安官は向き直り通りへ出ていった。

お早うございます、保安官。

お早う。

お早うございます、保安官。

やあ。元気か。

保安官は煙草を通りに弾き飛ばして車に乗りこみドアを閉めた。お早うございます、保安官、と運転手が言った。

よしあのちび野郎を捕まえにいこう、と保安官は言った。

今朝はビル・パーソンズと鳥撃ちに行くつもりだったんですがまあ中止ってことですね。

ビル・パーソンズとか。

いい犬を二匹飼ってるんです。

ああそうだな。あの男は昔からいい犬を飼ってるな。前にスージーって雌犬を飼っててどえらく優秀な鳥撃ち用の猟犬だと自慢してたのを憶えてるよ。奴がトランクから出した犬を見て俺は言った。スージーはあんまり具合がよくないんじゃないかな。奴は犬を見て鼻に触るやら何やらした。そしていや元気そうだよと言った。俺は今日はあんまり元気じゃないと思うぞと言った。俺たちは出かけて午後のあいだずっと猟をして鳥を一羽獲った。車に戻ろうと歩きだしたときビルはこう言った。そういやあんたスージーは今日あんまり具合がよくないと言ってたな。あんたちゃんと気づいたわけだなあ。それで俺は言った。今日のスージーは病気だったんだよ。奴はああそうだなと言った。俺はこう言ってやった。スージーは昨日も病気だった。前からずっと病気だった。これからもずっと病気だろう。スージーは病気の犬なんだとね。

保安官が道路の四、五百メートル先で車を降りて道路の端の枯れた茨と雑草の壁を越えると両肘を持ちあげた姿勢で雑草の繁茂したところをやってきた。家にたどり着いたときには折り目をつけた注文仕立てのチノパンツが砂埃にまみれ皺だらけになり枯れた食っ付き虫が付着して不機嫌になっていた。

バラードはポーチに立っていた。

さあ行くぞ、と保安官は言った。

どこへ。

さっさとそこから降りてこい。

バラードは唾を吐きポーチの柱から背中を起こした。あんたには勝てねえ、と言った。

両手をジーンズの尻ポケットに突っこんで階段を降りた。

お前さんは気まま暮らしのご身分だ、と保安官は言った。俺たち勤労者がちょっとした問題を解決するのを手伝ってくれてもいいだろう。さあこちらへどうぞ、ミスター。

いやこっちから行こうぜ、とバラードは言った。あんたらにはわかんねえだろうがちゃんと道があるんだ。

バラードはオーク材ニス塗りの回転椅子に坐っている。背板にもたれる。ドアは小石模様のガラス。影が近づいてくる。ドアが開く。保安官補が入ってきて後ろを向く。背後にいるのは女だ。女はバラードを見て笑いだす。バラードは首をのばして女を見ようとする。女が入ってきて立ちどまりバラードを見る。バラードは自分の膝を見おろす。膝を掻きはじめる。

保安官がデスクの後ろで立ちあがった。ドアを閉めてくれ、コットン。

このくそ野郎、と女はバラードを指さした。こいつどこにいた?

この男じゃないのかい。

えーと。そうだよ。この男だよ。この男が……。あたしがぶちこんでほしいのは別の二人だけど。このくそ野郎は……。嫌悪をこめて両手をはねあげた。

バラードは片方の靴の踵で床をこすった。俺は何もしてねえ。

この男を告訴したいのか。どうなんだ。

ああしたいよ。

なんの罪で告訴したいんだ。

そりゃ、強姦さ。

バラードはぎこちなく笑った。

塩と電池《ソールト・アンド・バッテリー》もだよ、このくそ野郎。

こいつはただの年を食った淫売じゃねえか。

その年を食った淫売がバラードの口を平手で打った。バラードは椅子から立って女の首を絞めはじめた。女はバラードの股間に膝蹴りを食らわした。二人は取っ組み合った。後ろに倒れブリキのゴミ入れを引っくり返した。廊下のコートを何着もかけたコートツリーが倒れた。保安官補がバラードの襟首をつかんだ。バラードの身体がくるりと回った。女は喚いた。三人とも床に倒れた。

保安官補がバラードの腕を後ろへねじあげた。バラードの顔が青ざめた。

この馬鹿女！　バラードは叫んだ。

女を助けてやれ、と保安官は言った。ほら……。

保安官補はバラードの腰を片膝で押さえつけた。女はもう立ちあがっていた。両肘を張り片足を後ろに引いてバラードのこめかみを蹴りつけた。

おいこら、と保安官補が言った。女はまた蹴った。保安官補に片足をつかまれ女は床に尻餅をついた。畜生、保安官、女かそいつか、どっちかぶちこみましょうよ。

くそ、お前ら、とバラードは言った。半分泣きかけていた。お前らみんな地獄に堕ちやがれ。

畜生、と女は言った。こいつのタマを蹴り潰してやるんだ。このくそ野郎。


バラードは九日間セヴィア郡拘置所で過ごした。白隠元に豚の背脂に茹でた野菜それに白パンにボローニャソーセージを挟んだサンドイッチ。食べ物は悪くないと思った。コーヒーなどは旨いとすら思った。

向かいの房には黒人が入っていた。いつも歌を歌っていた。逃亡犯として手配されていて捕まった男だった。二日目くらいからバラードはこの黒人と話すようになった。バラードは言った。お前、名前はなんていうんだ。

ジョン、と黒人は言った。ニガー・ジョンだよ。

どっから来た。逃亡犯だってな。

アーカンソーのパイン・ブラッフから来た。おらあこの世界から逃げてんだ。雪《ヘロイン》があ
りゃ自分の頭からも逃げられんだけどなあ。

何をやった。

あるくそ野郎の首をポケットナイフで切り落としたんだよ。

バラードは自分の罪状を訊かれるのを待ったが訊かれなかった。しばらくして言った。

俺はばばあを強姦したことになってる。でもあれはそもそもただの淫売だった。

白いまんこは面倒のもとだよ。

バラードはそのとおりだと同意した。前からそう思っていた気がするがそういう言い方は初めて聴いたと言った。

黒人は簡易ベッドに坐って身体を前後に揺らしていた。そして歌った。

家へ飛んでこ
くそ野郎みたいに飛んでこ
家へ飛んでこ

俺の面倒のもとは、とバラードは言った。全部酒か女かその両方かだった。ほかの男がそう言うのも何べんも聴いたよ。

俺の面倒のもとはいつも捕まることで始まった、と黒人は言った。

一週間ほどたったある日保安官が廊下をやってきて黒人を連れていった。家へ飛んでこ、と黒人は歌った。

ああ、飛んでいけるさ、と保安官は言った。主の御許《みもと》へな。

くそ野郎みたいに飛んでこ、と黒人は歌った。

まあ気楽にいけよ、とバラードは言った。

黒人はそうするともしないとも答えなかった。

翌日また保安官が来てバラードの監房の前で立ちどまり覗きこんできた。バラードも見返した。保安官はくわえていた藁しべを取って口を開いた。こう言った。あの女はどこの女だ。

どの女。

お前が強姦した女。

あの年を食った淫売か。

いいだろう。あの年を食った淫売だ。

知らねえ。どこの女だかなんで俺が知ってんだ。

セヴィア郡の者か。

知るかよ。

保安官はバラードを見て藁しべをくわえ直し立ち去った。

翌朝には看守と裁判所の廷吏がやってきた。

バラード、と看守が言った。

なんだよ。

バラードは廷吏のあとから廊下を歩いた。その後ろから看守がついてきた。三人は階段を降りた。バラードは鉄の手摺につかまってそろそろと足をおろした。外に出て駐車場を横切り裁判所へ向かった。

誰もいない部屋で椅子に坐らされた。両開きのドアのすきまから色と動きが細長く見えそちらで行なわれている法的手続きのやりとりをぼんやり聴いていた。一時間ほどすると廷吏が部屋に入ってきてバラードに人さし指を突き出してくいと曲げた。バラードは椅子から立って両開きのドアをくぐり小さな手摺の後ろの教会のベンチのようなものに腰かけた。

自分の名前が呼ばれるのを聴いた。眼をつぶった。それからまた開いた。デスクにいる白シャツの男がこちらを見、書類を見、保安官を見た。いつからだ、と男は訊いた。

一週間ちょっとですかな。

もう出ていっていいと言いたまえ。

廷吏がやってきてゲートを開きバラードのほうへ背を屈めた。出ていっていいぞ、と言った。

バラードは立ちあがってゲートをくぐり部屋のなかを進んでガラス窓に陽が射しているドアのほうへ向かい廊下を横切りセヴィア郡裁判所の玄関から外に出た。誰も呼び戻さなかった。涎を垂らしている男が脂じみた帽子を差し出して何かもごもご言った。バラードは階段を降りて通りを渡った。

町の中心部で店を見てまわった。郵便局に入って壁に貼ってあるポスターを見た。指名手配犯たちが敵意を含んだ眼で見返してきた。沢山の名前があった。刺青を入れている者が多かった。死すべき肉に死んだ色恋の銘が彫られていた。青いパンサーの柄が流行っていた。

両手を尻ポケットに突っこんで通りに立っていると保安官が近づいてきた。

これからどうする気だ、と訊いた。

家に帰る、とバラードは言った。

それからどうする。次はどういう悪さをするつもりだ。

別につもりなんかねえ。

手がかりをくれよ。もっと正々堂々とやったらいいだろう。今まで何やったっけ。法廷命令違反罪、公衆迷惑行為罪、脅迫暴行《アソールト・アンド・バッテリー》罪、公然酩酊罪、強姦罪。じゃ次は殺人か。いやそれより今までやったことでまだばれてないのはなんだ。

何もやってねえ、とバラードは言った。お前らがでっちあげたんじゃねえか。

保安官は腕組みをして軽く身体を前後に揺らしながら不機嫌な顔の鼻つまみ者をじろじろ見た。それじゃまあ家へ帰るんだな。この町の住民はお前みたいなくそ野郎に我慢ならないんだ。

この鶏《とり》の糞みたいな町の奴らに用はねえよ。

もう家へ帰れ、バラード。

あんたがそうやってくっちゃべってなきゃ俺はもうここに用はねえんだ。

保安官はバラードの前から脇へ退《の》いた。バラードは通りを歩きだした。半ブロックほど進んだところで後ろを振り返った。保安官がまだ見ていた。

あんたもなんだか鶏《とり》小屋の鶏みたいだよ、保安官、とバラードは言った。

あのライフルはあいつがまだ子供といっていいころから持ってたんだ。ホェイリー爺さんに雇われてフェンスの杭打ちを一本八セントでやって買った銃だよ。金が貯まった日は昼間に野っぱらの真ん中で仕事をやめたんだ。いくら稼いだかは憶えてないが杭は七百本以上打ったんじゃないかな。

一つ言っとこう。あいつの銃の腕前はとびきりよかったよ。自分の眼で見えるものならなんでも当てた。あるときでかい赤柏《あかがしわ》の天辺《てっぺん》あたりに巣を張った蜘蛛を撃ち落としたことがあるがその木まではここからあの道路くらいまで距離があったよ。共進会から追ん出されたこともあったっけ。あいつにはもう射的をやらせないってことになったんだ。

共進会といやああれは何年前だったか、ある男が来て生きた鳩の撃ち競べの興行をやったことがあった。その男がライフルで撃って客にはショットガンでもなんでも好きな銃で撃たせるんだ。トラック一杯に鳩を積んでてな。野っぱらの真ん中に鳩が入った箱を置いてそばに子供が立って男が声をかけると子供が一羽放す。すると男がライフルを構えてぱんと撃って鳩を落とすんだ。羽がぱっと散ったよ。あんな凄いのは見たことなかった。町の腕自慢の鳥撃ちハンターがみんな金を巻きあげられちまったが最後にはからくりがわかった。鳩の尻の穴に爆竹を仕込んでたんだ。鳩はもう俺は自由だうちへ帰れると思って飛ぶんだがある高さまで来たらぱんとケツが吹っ飛ぶ。男はそれに合わせて撃って羽が飛び散る。見ててもわからんよ。いや違う、結局誰かが気づいたんだ。誰だったかは憶えてないが。男が撃つ前にライフルをつかんでもぎ取ったのに憐れな鳩公はやっぱり破裂したんだ。そいつにタールを塗って羽をまぶしてやろうか（私刑の一方法）って騒ぎになったよ。

それで憶い出すのはニューポートでやってたカーニバルのことだな。ゴリラだかなんだかでかい猿を使った興行をやってた男がいたんだ。猿はそこにいるジミーくらいの背丈があった。客がボクシングのグローブをつけて猿のいるリングにあがって三分持ちこたえたら五十ドル貰えるって遊びだ。

いっしょにいた仲間が俺にやってみろとしつこく言った。俺はそのとき可愛い女を腕にぶらさげてたがその女がこれから斧でやられる子牛みたいな眼で俺を見あげる。野郎どもはどんどん焚きつける。よく憶えてないが俺たちちょっと酒も入ってたんじゃないかな。とにかく俺はその猿をようく見て思った。ふんふん。あいつは俺ほどはでかくないなと。猿は鎖に繋がれてた。丸椅子に坐って赤キャベツを丸一個齧ってた。俺はすぐに言った。ようしと。手をあげてそこにいる男にやるぜと言った。

じゃこっちへ来てくれと言われてグローブをはめられて猿の飼い主からこう言われた。あんまり強く殴っちゃいけませんぜ、そんなことすると奴さんを怒らせてひどい目に遭うからね。俺ははははーんと思った。猿を痛めつけられたくないんだな。商売道具を守ろうってわけだとね。

そんなこんなで俺はリングにあがった。仲間にわあわあ応援されてえらくまぬけな気分だったがまあ俺も連れてた可愛い女を見おろしてばちっとウィンクなんかしてそのうち猿もリングにあがってきた。口輪をはめられてね。奴は俺をこうざっと見た。それから俺たちの名前が呼ばれたが猿の名前は忘れちまったな。男がでかいディナーベルを鳴らすと俺は前に出て猿の周りを回りだした。フットワークって奴を見せてやろうと思ってな。奴は何もする気はないみたいだから俺は踏みこんで一発お見舞いした。奴は今のはなんだって感じで俺を見た。それで俺はもう一発まともにきめてやった。右のこめかみに。そしたら奴は頭をぐっと後ろに引いて変な眼をした。それで俺はなんだよちょろいじゃないかと思った。もう五十ドル貰ったようなもんだとね。ひょいひょい体を躱す動作をしながらもう一発パンチを飛ばそうとしたら猿は俺の頭にぱっと飛び乗って片っぽの足を俺の口に突っこんで顎を毟りとろうとしやがった。俺は助けてくれの声も出なかった。もうこの猿は頭から離れないんじゃないかと思ったな。

バラードは郡農畜産物共進会の人ごみに混じってぬかるんだ道を慎重に歩いた。大鋸屑《おがくず》を撒いた通路の両側にはテントが張られ電灯がともり綿飴屋など鮮やかな色に塗られた屋台が出て玩具や人形や縫いぐるみを並べたり張り渡したロープに吊るしたりしていた。空には派手で悪趣味な腕輪のような観覧車が影絵を描きその点滅する電灯のあいだを夜鷹が飛び交って口を開け奇怪な叫びをあげていた。

バラードは掬い網を手にしてセルロイドの金魚が浮かんでいる水槽に背を屈めてほかの客の様子を見た。金魚掬い屋が客の網から金魚を出し腹の数字を見てはずれだと首を振ったり小さなキューピー人形や石膏の猫に手をのばしたりした。バラードが一生懸命掬おうとしていると隣の老人が一度に二匹網に入れようとしていた。だがうまく入らず焦れた老人は水槽の端まで金魚を押していき網をさっとはねあげたので金魚と水が隣に立っている女のほうへ飛んだ。女が足もとを見おろした。金魚が草の上に落ちている。あんた頭がおかしいんじゃないの、と女は言った。それとも酔っ払ってんの。老人は網の柄を握る手にぐっと力を入れた。金魚掬い屋が身を乗り出してきた。どしたんだい、と訊く。

わしは何もしとらんぞ、と老人は言った。

バラードは一匹掬ってまた網ごと水のなかに戻し腹の番号を見ようとした。老人に服を濡らされた女がバラードを指さした。この人ズルしてる、と言った。

はい網こっちへ渡して、と金魚掬い屋が手をのばしてきた。一匹十セント、三匹で二十五セントね。

まだ掬ってねえ。

あんたもう十四以上戻してんじゃない。

まだ一匹も掬ってねえんだ、とバラードは網を渡さない。

じゃ早く掬って残りは眺めるだけにしてよ。

バラードは肩をすくめて金魚をぐっと睨んだ。一匹掬いあげた。

金魚掬い屋は金魚を受けとって見た。はずれ、と言い、金魚を放って水槽に戻しバラードの手から網を取った。

まだやるかもしれねえだろ、とバラードは言った。

でもやらないかもしれないしな、と金魚掬い屋は言った。

バラードは猫のような冷たい眼つきで相手を見て水槽のなかに唾を吐くと立ち去るためにくるりと背を向けた。老人に水をかけられた女は半ば怖がりながらもざまあみろという顔でバラードを見ていた。立ち去りぎわバラードは歯のあいだから絞り出す声で女に言った。このお節介焼きの淫売ばばあ。

バラードはポケットのなかで十セント硬貨をじゃらつかせた。ライフルの発射音に惹き寄せられた。バラードは銃のこもった音を見世物の呼び込みや露天商の売り声のあいだから聴き分けた。射的場は盛況で脚の長い若い男たちがカウンターで背中を丸めていた。射的場の奥を機械仕掛けの家鴨の群れがかたかた横切っていきライフルの発射音がぱんと弾ける。

さあ腕試し、腕試し、腕試しをして賞品を取らないかー、と射的屋が客寄せの声をあげていた。さあさあ、あんたやんないかー。

今考えてるとこだ、とバラードは答えた。賞品はなんだ。

射的屋は大きさの順に並べてある縫いぐるみの列を杖で指した。一番下の列は……と言いかけた。

そんなこたあいい、とバラードは言った。あの一番でかいのはどうすりゃ取れるんだ。

射的屋は針金に吊るされた小さなカードを指した。あの赤い点を撃ち抜いてねー、と歌うような調子で言った。撃てるのは五発、当たったらここにあるどの賞品でも選べるよー。

バラードは持っている十セント硬貨を全部出した。いくらだ。

二十五セントだよー。

硬貨を三つ台に置いた。射的屋がライフルをカウンターの上に立て真鍮製の弾薬をマガジンに装塡した。ポンプアクション式のライフルでカウンターに鎖で繫がれていた。

バラードは五セント硬貨をポケットに入れてライフルを持ちあげた。

両肘突いてもいいよー、と射的屋が歌う。

そんなのはいい、とバラードは答えた。五発撃った。一発ごとに銃をおろした。射撃を終えると一番高い列を指さした。あのでかい熊をくれ。

射的屋は滑車で動く針金から小さなカードをはずしてバラードに渡した。赤いとこが全部なくならないと駄目なんだよー、と言った。バラードに話しているのではないようにそっぽを向いて喋った。

バラードはカードを手に取った。これのことか、と訊いた。

赤いとこが全部なくならないとねー。

バラードが撃ったカードは真ん中に穴が一つあいていた。穴の縁の一部に赤い色が微かに残っていた。

畜生めが、とバラードは言った。さらに三枚の十セント硬貨をぴしゃりとカウンターに叩きつけた。はいどうぞー、と射的屋は言って銃に弾薬をこめた。

撃ち抜いたカードを持ってこさせると今度は顕微鏡で捜しても赤い部分は見つからないはずだった。射的屋から大きくて重いモヘアのテディベアを渡されるとバラードは次の硬貨三枚を叩きつけた。

熊二匹と虎一匹と野次馬の小集団を獲得した時点で射的屋はバラードからライフルを取りあげた。あんたはもうそこまでね、と低く鋭く言った。

勝ちは何回までと言わなかったじゃねえか。

さあ腕試し、腕試し、と射的屋は言った。次は誰かなー。でかい賞品は一人三つまでだよー。さあ次は誰が取るかなー。

バラードは熊二匹と虎一匹をまとめて抱え人ごみのなかを歩きだした。あら見てあんなに、と一人の女が言った。バラードはにやりと笑った。若い娘たちの柔和でクリームのように滑らかな顔がいくつも漂い流れた。縫いぐるみをじっと見る娘もいた。人の波が移動して野原のはずれで溜まり、バラードを含んだ田舎の人間の海が闇を見あげて真夜中の見世物が始まるのを眺めた。

光が爆ぜて青い尾を引くロケットが大犬座をめざして駆けあがった。見あげたいくつもの顔よりずっと高いところでロケットは弾け火のついたグリセリンの飛沫《しぶき》が夜空に燃えあがり熱い光の尾がいく筋ものばらけたリボンとなって落ちてきて燃え尽きて消えた。また別のロケットが長い口笛のような音を立て魚のように尾を振りながら空の高みにあがった。花が開いた瞬間にはそれの影のように前に打ちあげられたロケットの黒い煙と灰色の航跡が見え、それが弧を描き空に蹲っている黒い巨大なメドゥーサのように見えた。光の開花はまた野原に置かれた花火の箱の上に暗殺者か橋梁爆破要員のようにしゃがんでいる二人の男の姿をも露わにした。上を向いた顔のなかには唇に林檎飴の飴をくっつけ眼を真ん丸に見開いた少女の顔もあった。色の薄い髪は石鹼の匂いがした。祭りで硫黄の炎や松脂の松明の下でうっとりしている中世の少女のようだった。少女の瞳の黒い水溜りを空と同じ長さがある細い蠟燭が横切った。握った手の指に力が入った。この砕け散る硫黄銀河から迸る光のなかで少女は熊の縫いぐるみを持った男が自分を見ているのに気づいてそばにいる少女に身体を寄せ二本の指で素早く自分の髪を撫でた。

バラードは雪のついた木の枝を引きずって闇のなかから家に入ってくるとこの乾いている部分も凍った部分もある枝を小さく折りその折った枝を暖炉に詰めこむ作業に取りかかる。床に置いたランプの炎は風になびき風は暖炉の煙突のなかで呻く。壁の罅割れの模様はそこから降りこむ雪が斜めにした形で床に写しとり風は窓ガラス代わりの厚紙を剝ぎとろうとしている。バラードは納屋のロフトから豆の木の枝を腕一杯に抱えて運びこみそれを短く折って暖炉の薪の上に載せる。

火が燃えはじめると作業靴を脱いで暖炉の前に置き靴下を丸めながら脱いだあとのばして乾かす。それから床に坐りライフルを拭き弾薬を膝の上に弾き出してそれらを拭きアクションを拭いてオイルを塗りレシーバーと銃身とマガジンとレバーにオイルを塗りまた弾薬をこめレバーで薬室に弾薬を一発送りこみ撃鉄をおろすとライフルを自分の脇の床に横たえる。

暖炉でつくったコーンブレッドは粗挽粉と水だけの簡素なものだ。木のように味のないパンを嚙んで水で嚥みくだす。壁ぎわからこちらを見ている二匹の熊と一匹の虎はプラスチックの眼を火明かりで光らせ赤いフランネルの舌を出している。

猟犬の群れが山の雪の斜面を一本の細い黒い線となって横切っていく。そのずっと下では追われる猪が脚を強ばらせた奇妙な駆け方で突進して冬景色を背景に背中の隆起した真っ黒な影絵を浮かせていた。猟犬たちの吠える声は広大な薄青い虚空のなかで悪魔のヨーデル歌手団の声のように谺した。

猪は川を渡りたがらなかった。渡りはじめたときにはもう遅かった。対岸の柳の木立から出ると輪郭の滑らかなほっそりした姿になり身体から湯気をあげながら平原を走りだした。後ろでは犬たちがヒステリックに山の斜面を駆けおり周囲に雪を弾けさせる。川に入ると焼け石のように湯気をあげ対岸の木立から出てきて平原を駆けだしたときには白い雲のような湯気に身体を包まれていた。

先頭の犬に追いつかれたとき猪はようやく身体の向きを変えた。弾かれたようにくるりと回り犬に突っかかってからまた走りだした。数匹の犬に下半身に食らいつかれるとまた身体の向きを変え牙を振るい後肢だけで立ちあがるが逃れる場所はどこにもない。唸る犬どもに絡みつかれたまま身体を回転させつづけるうちに一匹の犬を選んで突進し牙を突き立て腹を引き裂いた。それからまた身体の向きを変えて自分の横腹を守ろうとしたが守れなかった。

バラードはこのバレエを踊る獣たちの身体が傾き跳びはね雪といっしょにその下の泥をはねあげるのを見、闘争のホログラフィーが血にまみれるのを見た。裂けた肺から飛び散る血、暗い色の心臓から噴き出してくるくる回る血。やがて銃声が轟いてすべてが終わった。一匹の若い猟犬は猪の耳を弄び別の一匹は真紅の内臓を雪の上に盛って死にもう一匹は肢を引きながら啼き声をあげる。バラードはポケットから両手を出して木に立てかけておいたライフルをつかんだ。銃を持った二つの小さな人影が川に沿って暮れかかる陽を背に急いでやってきた。

鍛冶屋の仕事場はほとんど真っ暗だが奥のほうの煙の燻る炉が微かに明るみその明るみを背景に鍛冶屋が大きな影絵となって何かの作業をしていた。バラードはある場所で見つけた錆びた斧の刃を手に戸口に立った。

おはよ、と鍛冶屋は言った。

おはよ。

なんだい。

斧を研いでほしい。

バラードは土間を横切り金床の前に立っている鍛冶屋に近づいた。壁にはいろいろな道具がかけてあった。農器具や自動車の部品が所狭しと置かれていた。

鍛冶屋は顎を突き出して斧の刃を見た。それかい。

これ。

鍛冶屋は手にとって斧の刃を見た。こりゃ研いでもしょうがない。

しょうがない？

柄がなきゃ使えんだろ。

じゃつけて貰おうかな。

鍛冶屋は斧の刃を高く掲げた。それにただ研ぎゃいいってもんじゃない。見てみな、刃が鈍《なま》ってるだろ。

バラードは見た。

ちょっとそこで待ってりゃこいつを鍛えて店で売ってるどんな新品と勝負しても二対一で勝つ斧にしてやるぜ。

いくらかかる。

新しい柄も込みでか。

ああ、新しい柄も込みで。

二ドルだ。

二ドル。

そう。柄が一ドル二十五セント。

二十五セント分くらい研いで貰うだけでもいいけどな。

それじゃどうしようもないぜ。

四ドル出しゃ新品が買えるからな。

こいつを仕立て直すほうが新品を二本買うよりいい。

うーん。

どうする。

じゃあ頼む。

鍛冶屋は斧の刃を火に突っこみ鞴《ふいご》のクランクを何度か回した。黄色い炎が刃の下から飛び散った。二人はじっと見つめた。

炎は高くする、と鍛冶屋は言った。炉の羽口《はぐち》より十センチくらい上。それと陽に当ててない良い炭できれいな火を熾すこと。

鍛冶屋はやっとこで斧の刃を引っくり返した。まず最初に火を真っ黄色にして焼く。この火じゃまだ熱さが足りないんだ。炉は音を立てていないのに鍛冶屋は声を張りあげて説明した。鞴のクランクを回して火が唾を吐くのをバラードといっしょに見つめた。

あわてちゃいけない、と鍛冶屋は言った。ゆっくりと。焼くのはゆっくりと。色を見ながらな。火が白くなると鉄はいかれちまう。よしいい色になった。

鍛冶屋は斧の刃を火から取りだし熱で震え半透明の黄色に輝いているそれを金床に載せた。

いいか叩くのは刃のひらだけだ、とハンマーを取りあげて言う。それから叩きはじめた。ハンマーを振るうと軟らかい鉄が奇妙な鈍い音とともに薄くなっていく。両側を叩き終えるとまた刃を火中に戻した。

こうやってもう一回焼くが今度は炎はあまり高くしない。色は明るい赤が丁度いい。鍛冶屋はやっとこを金床に置いて両手を前掛けにごしごし擦りつけながら火を見守った。火をようく見てるんだ。火のなかに長く入れすぎちゃいけない。焼いてるときにほかの用事をしてしくじる奴もいるが大事なのは色が丁度よくなったときに引きあげることなんだ。今は明るい赤になるのを待つ。明るい赤を待つ。よしこの色だ。

鍛冶屋はまたやっとこで刃を金床に載せた。刃の縁が濃いオレンジ色に染まりそこに針のような明るい熱い部分が何本も浮き出ていた。

さあこうやって二回目の焼きで叩き戻していく。

ハンマーは完全に金属的とも言えない独特の音を立てた。

二センチほど戻った。ほら真っ赤に光ってるだろ。場合によってはシャベルの刃ほど広く叩きのばすこともあるが刃先にハンマーを当てちゃいけない。刃に腰がなくなるからな。

鍛冶屋は力まず規則的に打つ。刃が徐々に冷えて光が微かに息づく血の色になる。バラードは仕事場のなかを見まわした。刃を広刃鑿《ひろばのみ》にあてがって大ハンマーで張り出した端を落とす。こうやって幅を詰めるんだ、と鍛冶屋は言った。さてもう一ぺん焼きを入れて強くする。

斧の刃を火に入れてクランクを回した。今度は炎を低くする。ほんの一分くらいだ。ちょっと光ってくるのが見える程度でいい。よしこんなもんだな。

さて刃の両側をようく叩く。鍛冶屋は小刻みに叩いた。刃を引っくり返して反対側を打った。ほら黒くなってきただろ。黒んぼのケツみたいな黒光りだ。これで鉄が締まって頑丈になる。さあこれで硬くなるぞ。

二人は斧の刃が熱くなるのを待った。鍛冶屋は前掛けのポケットからゆがんだ吸いかけの葉巻を出して炉の炭で火をつけた。叩いたところだけを焼くんだ。温度は低いほどいい。サクランボ色の低い火がいい。油で冷やす奴もいるが水のほうが低い温度で焼き入れできる。塩をちょっと入れて水を軟らかくする。軟らかい水で硬い鋼《はがね》ができるんだ。よしこれでいい。見てろ火から取りだして水に浸けるぞ。北のほうに向けて浸けるんだ。こんなふうに刃をまっすぐ下へ。鍛冶屋が熱に震える刃をバケツの水に浸けると湯玉が湧きあがった。金属は一瞬鋭い音を立てて静かになった。鍛冶屋は水のなかで刃を上下に動かす。ゆっくり冷やせば鋳割れないと鍛冶屋は言った。さてと。それじゃ磨いてから焼き戻しをするか。

鍛冶屋は刃先をエメリー布でくるんだ棒で磨いた。刃をやっとこでつかみ火の上でゆっくり前後に動かしはじめる。火には入れないでこう動かすんだ。こうするとむらなく焼き戻しができる。よし黄色くなってきた。道具によっちゃこれだけでいいがこいつは青焼きでいく。よし茶色になってきた。見てろ。ほらわかるか。

斧の刃を火から出して金床に載せた。とにかくよく見ていて焼きが端から逃げていかないように気をつけなきゃいけない。いつもその時々の作業の種類に合わせて火を加減することだ。

これで終わりか、とバラードは訊いた。

終わりだ。あとは柄をつけて研げば持って帰れるよ。

バラードはうなずいた。

なんでもそうだがちょっとしたことでもしくじると全部駄目になる。鍛冶屋は樽に入れてある柄を物色した。今見てたからもう自分でもできると思ってないか、と鍛冶屋は訊いた。

何が、とバラードは訊き返した。

バラードは山の斜面に飛び降りて腿まで雪に埋まり片手でライフルを高く差しあげ吹き溜まりのなかを転がり落ちそうになりながら駆け降りた。木から垂れている蔓草をつかんで振り子のように振られてようやくとまった。枯葉や小枝が雪の滑らかな覆いの上に降り注いだ。シャツの襟もとから枯葉や小枝を取り除きながら斜面を見おろして次に身体をとめられる場所を捜した。

山の麓の平地に降りてたどり着いたのは丈の低いヒマラヤ杉と松の森だった。バラードは兎の通り道をたどってこの森のなかを進んだ。雪は一度溶けたあとふたたび凍って表面に薄い殻ができ日中もひどく寒かった。森のなかの空地に出たとき駒鳥が一羽飛び立った。そしてまた一羽。翼を高く持ちあげて雪の上すれすれを飛んだ。バラードはあたりを注意深く見た。一本のヒマラヤ杉の下に何羽か身を寄せ合っていた。近づくと二、三羽ずつ雪の堅い殻の上を跳ねたり足をよろめかせたりしながら広げた翼を引きずるようにして駆けた。バラードはあとを追った。鳥は身を躱したり羽ばたいたりする。バラードは転んで起きあがってまた走りながら笑った。一羽捕まえて温かい羽毛に包まれた身体を手のひらで包むと心臓の鼓動が伝わってきた。

車の轍がついた道を歩いていき車の屋根を切りとって地面に据えたシンダーブロックの台に載せたもののそばを通り過ぎた。電気のコードが地面を這い車の屋根の裏側で電球を一つ点灯させその下で憂鬱そうな鶏が集まってこっこっと啼いていた。バラードはポーチの床を拳で叩いた。寒い灰色の日だった。茶色い濃い煙が屋根の上で渦巻き前庭に所々残った雪は煤で汚れた灰色の透かし編みのようだった。バラードは胸ポケットのなかの鳥を見おろした。ドアが開いた。

入って、と薄い綿の部屋着を着た女が言った。

バラードはポーチの階段をあがって家に入った。女と話しながら眼は娘に向けていた。寒い娘は大きな乳房と肥った若々しい尻とむき出しの脚で大儀そうに家のなかを歩いた。寒いな、とバラードは言った。

この天気じゃあ、と女は言った。

坊主に玩具を持ってきてやったよ、とバラードは言って床に坐っている子供を顎で示した。

女が彫りの浅い皿のような顔を向けてきた。なに？ と訊いた。

玩具を持ってきてやったんだ。ほら。

シャツの胸ポケットから半ば凍えた駒鳥を出して差し出した。鳥は首を回した。瞬きをした。

ほら見てご覧、ビリー、と女が言った。

子供は見なかった。毛のない大きな頭をしていつも涎を垂らしている霊長類は家のなかの低い領域に棲んでいて床板のゆがみや空缶を叩きこんで詰めた穴やゴキブリなどの虫や毛むくじゃらの大きな蜘蛛や一年を通して家にある素性の知れない汚れに親しんでいた。

ほら玩具。

駒鳥は翼を三角帆のように揺らして床を歩きだそうとした。鳥は眼の前にあるものを見た。あれは……何？ 子供？ 子供だ。鳥は進路を変えて部屋の隅をめざした。子供の鈍い眼がその動きを追う。子供がのろのろと動きだす。

バラードは鳥を捕まえて子供に差し出した。子供は灰色のむっちりした両手で受けとった。

殺しちまうよ、と娘が言った。

バラードは娘ににやりと笑いかけた。殺したけりゃ殺してもいいさ。

娘は顔をしかめてバラードを見た。ええ？

お前にも今度土産を持ってきてやるよ、とバラードは言った。

あたしの欲しいものなんか持ってない癖に。

バラードはにやりと笑った。

熱いコーヒーがあるけど飲む、と台所から女が訊いてきた。

一杯だけ貰おうかな、とバラードは答えて、いかに寒いかを示すために両手をこすり合わせた。

台所のテーブルに置かれた大きな白い磁器のカップを前にバラードはただ一つだけある窓のそばに坐ったが室内はひどく寒くカップから湯気が真っ白に立ちのぼり湿気が色褪せた花柄のオイルクロスのテーブル掛けの表面で露を結んだ。缶入りのミルクを注いで掻きまわす。

ラルフは何時ごろ戻る。

なんにも言ってなかったけど。

そうか。

よかったら待ってて。

うーん。ちょっとだけ待ってみるよ。それで戻らなかったらもう行く。

裏口が閉まる音が聴こえた。娘が轍のついたぬかるみを歩いて屋外便所へ向かうのが見えた。バラードは調理台でスコーンの生地をこねている女を見た。またすぐ眼を窓の外に戻した。娘が便所のドアを開けてなかに入りドアを閉めた。バラードはカップから立ちのぼる湯気の上に顔をおろした。

ラルフは帰ってこなかった。バラードはコーヒーを飲み干して旨かったと言いお代わりを断わってもう一度旨かったと言うとそろそろ行くと言った。

ねえちょっとこれ見てママ、と隣の部屋で娘が言った。

なに、と女が訊いた。

バラードは腰をあげて居心地悪そうに伸びをした。俺はもう行くよ。

待っててくれてもいいのよ。

ママ。

バラードは隣の部屋に眼をやった。鳥は床の上に蹲っていた。娘が部屋の出入口へ来た。

ねえちょっとあれ見て。

なんなのよ、と女は言った。

娘は子供を指さしていた。子供は前と同じように坐っていた。灰色の小さなシャツを着たみっともない子供の人形のようだった。口を血で汚して何か噛んでいる。バラードは隣の部屋へ行って床の鳥のほうへ手をのばした。鳥はばたついて転んだ。バラードは拾いあげた。柔らかな羽毛から小さな赤い突起が二つ出ていた。バラードは急いで鳥を床に戻した。

だからやらないでって言ったでしょ、と娘が言った。

鳥は床の上でもがいた。

女が出入口へ来ていた。前掛けで手を拭いていた。三人とも鳥を見た。女が訊いた。鳥に何したの。

肢を噛みちぎったのよ。

バラードはぎこちない笑みを浮かべた。逃げないようにしたんだろ。

そんなことしか言えない人間だったらあたしなら死ぬけどね、と娘は言った。
およし、と女は言った。早く口から出してやって。おなかを壊すといけないから。

あの一家の話は聴いたことがなかったな。あの男の祖父《じい》さんは確かリーランドという名前で軍人恩給を貰ってたのを憶えてるよ。二〇年代の終わりごろに死んだんだ。北軍の兵隊だったというがやったのは藪のなかを逃げまわっただけというのは確かな話だ。軍隊から二、三度兵隊に取りにきたがね。戦争なんぞ行ってやせん。キャメロン爺さんからそう聴いたがあの爺さんが嘘をつく理由はないからな。軍隊からリーランド・バラードを兵隊に取りにやってきて納屋やら燻製小屋やら捜しまわってるあいだに奴は森を抜けて軍隊の連中が馬を繋いだところへ出て軍曹の鞍から革を切りとって靴の半張りに使ったんだ。

いやどうやって恩給を貰ったのかは知らん。嘘をついたんじゃないかね。セヴィア郡から北軍に入った男は選挙の登録をしてる人間より多かったがリーランドはその一人じゃなかった。戦争に行かないで恩給をくれと言う図々しい人間は奴だけだったろう。

奴は兵隊じゃなかったが別のものではあった。あれは白帽団員《ホワイト・キャップ》だった（白帽団は十九世紀末から二十世紀初頭にかけて中西部や南部で数多く結成された暴力的な自警団で、地域にとって有害とみなした人々にリンチで制裁を加えた。クー・クラックス・クランに似ているが一応別の系統）。

ああそうとも。そうだったんだ。弟がいてそいつも白帽団員で同じころこの土地から逃げてった。ミシシッピ州ハティスバーグで縛り首になったのは有名な話だ。だからこの土地がどうこうってことじゃないんだよ。どこに住んでたって縛り首になっただろうな。でもレスターのことならこう言っておくよ。あいつはアダムからこっちの人間の誰よりも上を行ってたってことだ。

こりゃまったくほんとのことだよ。

で、レスターのことですが……。

あんたらあいつの話ばっかりだな。わしはそろそろ家で晩飯の支度ができてるころなんだ。

II

十二月初旬のある寒い朝バラードはベルトに栗鼠を二匹吊るしてフロッグ山から降りフロッグ・マウンテン・ロードに出た。Uターン路を振り返ると一台の車がエンジン音を小さく響かせながら朝の大気のなかに渦巻く青い煙を燻《くゆ》らせていた。道路を渡って土手を降り雑草の生い繁る野原を抜けて樹林に覆われた斜面を登りUターン路を見おろせる場所へ来た。車はまだアイドリング状態だ。車内に人の姿は見えない。

道路脇の藪に沿って進み車から十メートル足らずの地点で立ちどまって様子をうかがった。規則正しいエンジン音が聴こえ静かな朝の山のどこかからギターの音と歌声が微かに聴こえてきた。しばらくして音楽がやみ人の話し声がした。

ラジオか、とバラードは言った。

車に人がいる様子はなかった。ウィンドーは曇っていたが内側に誰かいるようには見えなかった。

バラードは藪を出て車のそばを通り過ぎた。眼をとめる者がいたとしてもただ道を歩いている栗鼠ハンターにすぎないと思うに違いなかった。通り過ぎるとき車のなかを覗いた。前の席は無人だが後部座席に半裸の人間が二人いっしょに身体を横たえていた。むき出しの腿。投げ出された一本の腕。毛むくじゃらの尻が一つ。バラードは歩きつづけた。それから足をとめた。眼が瞬くことなく凝視してきた。

背を向けて引き返した。落ち着かない眼でウィンドーのなかを見た。乱れた衣服ともつれあった手足のあいだから白い無表情な顔が見えていない眼でこちらを見ていた。若い娘だった。バラードはウィンドーをこつこつ叩いた。ラジオで男の声が言った。次の曲は病気で寝たきりの人すべてに捧げます。山の上では二羽の鳥が冷たく寂しい大気のなかで細い嗄れた声をあげていた。

バラードはいつでもライフルを撃てる態勢で車のドアを開けた。娘の腿のあいだに挟まれて男がうつぶせに寝ていた。おい、とバラードは言った。

主の花束のために花を集める
けっして腐らない美しい花を

バラードは運転席の端に腰をかけて手をのばしラジオのスイッチを切った。エンジンが低くリズムを刻む。視線をさげて鍵に眼をとめイグニッションを切った。しんと静まった車内に三人だけがいた。運転席に膝をつき後部座席のほうへ身を乗り出してほかの二人の様子をうかがった。手をのばして男の肩を引いた。男の片腕が座席から床に落ちるその唐突な動きにバラードはびくりとして天井に頭をぶつけた。

バラードは毒づきさえしなかった。運転席に膝立ちになって二つの死体を見つめていた。こいつら完全に死んでる、と呟いた。

娘の片方の乳房が見えた。ブラウスの前が開きブラジャーが首まで押しあげられていた。バラードはかなりのあいだ見つめていた。それから男の背中の脇から手をのばして娘の乳房に触れた。柔らかくて冷たかった。ぷっくりした茶色い乳首を親指の腹で撫でた。

ライフルはまだ手にしていた。運転席から離れて路上に立ち周囲を見まわして耳を澄ました。鳥の声すら聴こえなかった。栗鼠をベルトからはずして車の屋根の上に置きライフルをフェンダーに立てかけてまた車に乗りこんだ。運転席の背もたれから身を乗り出して男の身体をつかみ娘の身体から引き剝がそうとした。男の身体がどさりと下に落ち首がぐらりと揺れた。男の身体を横へ引っ張ろうとしたが前の座席の背とのあいだに挟みこまれてしまっていた。それでも娘は前よりよく見えた。手をのばして反対側の乳房を撫でた。しばらくそれをしてから親指で娘の両眼を閉じた。若くてとても美しい娘だった。バラードは運転席のドアを閉めて寒さを防いだ。また手をのばして男の身体をつかんだ。男は疲れてぐったりしているかのようだった。シャツを着ておりズボンは靴のすぐ上までずりおろされていた。鈍い嫌悪感とともにバラードは冷たいむき出しの腰骨のところを両手でつかんで引っ張った。男の身体は転がり前後の座席のあいだに滑り落ちて片方は開き片方は半分閉じた眼で上を見あげた。

くそったれめ、とバラードは言った。男の濡れた黄色いコンドームに包まれた陰茎がバラードのほうへ固く突き立っていた。

バラードは車の外に出てライフルを取り道路の先のほうが見えるところまで歩いた。それから戻ってきて車のドアを閉め反対側へ回った。ひどく寒かった。しばらくしてまた車に乗りこんだ。娘は眼をつぶり開いたブラウスから乳房を覗かせ白い腿をひろげていた。バラードは運転席の背もたれを乗り越えた。

死んだ男が車の床からこちらを見あげていた。バラードは男の両足を蹴りのけて床から娘の下穿きを拾いあげ匂いを嗅ぎポケットに入れた。リアウィンドーの外をうかがい聴き耳を立てた。娘の両脚のあいだにひざまずいてベルトのバックルをはずしズボンをおろした。

冷たい死体の上で狂ったように演技をする体操選手。女に言ってみたいと思っていたことすべてを光沢のある耳に注ぎこんだ。娘に聴こえないと誰に言いきれよう。終わると身体を起こしてまた外を見た。ウィンドーは曇っていた。娘のスカートの縁で自分自身を拭いた。今は死んだ男の脚の上に立っていた。死んだ男の器官はまだ勃起していた。バラードはズボンを引きあげて運転席の背もたれを乗り越えドアを開けて道路に出た。シャツの裾をたくしこみベルトのバックルを留めた。それからライフルを取りあげて道路を歩きだした。だがそれほど行かないうちに立ちどまってまた引き返した。まず眼にとめたのは屋根の上の栗鼠だった。栗鼠をシャツの内側に入れドアを開け車内に手をのばして鍵を回しスターターボタンを押した。静寂のなかで大きな音を立ててエンジンが生き返った。燃料計を見た。針は満タンの四分の一を指していた。後部の死体をちらりと見てからドアを閉めまた道路を歩きだした。

四分の一マイルほど来たところでまた足をとめた。道路の真ん中に立ってまっすぐ前を見ていた。えいくそ、と言った。また道路を引き返しはじめた。それから走りだした。

車のところに戻るとエンジンがまだ律動を続けており息切れしたバラードは冷たい空気を長々と何度も吸い喉から焼けつくような肺へ送りこんだ。ドアを勢いよく開けて身体をなかに入れ後部に手をのばして死んだ男のズボンの生地を何度も引っ張り尻ポケットを引き寄せるとなかに手を入れて財布をつかんだ。それを引き出して開く。黄ばんだグラシン紙の小窓に入った家族の写真。紙幣の薄い束を取りだして数えた。十八ドル。紙幣を折りたたんで自分の尻ポケットに突っこみ財布を男のズボンに戻すと車から出てドアを閉めた。ポケットから金を出してまた数えた。ライフルを手に取ろうとしたがやめてまた車に乗った。

後部の床をくまなく見て後部座席を見てそれぞれの死体の下を手で探った。それから前の座席を調べた。娘のバッグは助手席の床に落ちていた。開いて小銭入れを取りだしそれを開いて数枚の銀貨とくしゃくしゃに丸めた二枚の一ドル札を取りだした。バッグのなかを掻きまわし口紅を取ってポケットに入れバッグの口をぱちりと閉じてそれを膝に置き一分ほど坐っていた。それからグラブボックスに眼をやった。手をのばしてボタンを押すと蓋が開いた。なかには書類と懐中電灯とボンデッド・ウイスキーの一パイント瓶が入っていた。バラードは酒の瓶を出して持ちあげた。三分の二残っていた。グラブボックスを閉じて車を降り酒瓶をポケットに入れ車のドアを閉めた。なかを覗いてもう一度娘を見てから道路を歩きだした。数歩進んで足をとめ戻ってきた。車のドアを開け手をのばしてラジオをつけた。火曜日の夜はブルズ・ギャップ・スクールからお送りしますとラジオが言った。バラードはドアを閉め道路を歩いていった。しばらくして立ちどまり酒瓶を出して飲みそれからまた歩いた。

山の麓の分かれ道に近づいたときバラードは最後にもう一度立ちどまった。身体の向きを変えて道路の先を見やった。その場にしゃがみライフルの台尻を路面について先台を両手でつかみ片方の手首に顎を載せた。唾を吐いた。空を見た。しばらくして立ちあがり道路を引き返しはじめた。山の中腹で鷹が風に乗り胴体と翼の下側で陽の光を白く照り返していた。風上に向きを変え、ゆらめき、上昇する。バラードは足を急がせた。胃が空っぽできつく縮んでいた。

死んだ娘を連れて家に帰り着いたのは午前半ばだった。肩に担いで二キロ近く歩いたところで完全にへばった。二人とも森のなかの落葉の上に横たわった。バラードは冷たい空気のなかで静かに呼吸した。ライフルと栗鼠を石灰岩の岩棚の下に溜まった黒い落葉のなかに隠し力を振り絞って娘といっしょにふたたび歩きはじめた。

森を抜けて家の裏手へたどり着くとぼうぼうに繁った青い草や枯草のなかを進み納屋の脇を通り過ぎ娘を肩に担いだまま狭い戸口から家に入って娘をマットレスに横たえ毛布をかぶせた。それから斧を持って外に出た。

薪を一抱え持って戻ってくると暖炉で火を熾しその前に坐って休んだ。それから娘のほうを向いた。衣服を全部脱がして娘を眺め娘がどんなふうにできているのか見てみるというように丹念に身体を調べた。外に出て窓から家のなかを覗き火の前に裸で横たわった娘を見た。家のなかに戻るとベルトのバックルをはずしズボンを脱いで娘の横に寝た。毛布を自分と娘の上にかけた。

午後にライフルと栗鼠を取りに戻った。栗鼠をシャツのなかに入れライフルの薬室に弾薬が入っているのを確かめてから山に登った。

冬枯れの裸の樹林を通ってUターン路を見おろせるところに出ると車はまだそこにあった。エンジンはとまっていた。バラードはしゃがんで様子を見た。ひどく静かだった。下からラジオの音が微かに聴こえてきた。しばらくして立ちあがり唾を吐き最後にもう一度あたりを観察してから山を降りた。

山腹の靄のなかに黒い若木がナイフのように立っている朝に二人の少年が敷地を横切り家に入ってきたときバラードは火の消えた暖炉のそばの床で毛布にくるまって寝ていた。死んだ娘は保《も》ちをよくするため熱から遠ざけて隣の部屋に寝かせていた。

二人の少年が戸口に立っていた。バラードが身体を起こし斜視の眼で睨んでがなり立てると少年たちは後ずさりして半ば転げ落ちるように前庭に降りた。

なんの用だ、とバラードは怒鳴った。

二人は前庭で立ちあがった。一人はライフルを持ちもう一人は手製の弓を持っていた。こいつはチャールズの親戚なんだ、とライフルを持ったほうが言った。だからこいつに出てけなんて言えないんだぞ。ここで狩りをしていいって言われたんだ。

バラードはチャールズの親戚のほうを見た。じゃ狩りをしにいけ、と言った。

行こうぜ、エアロン、とライフルの少年が言った。

エアロンはバラードを一睨みしてからもう一人の少年といっしょに前庭を横切っていった。

ここへ近づくんじゃねえ、とバラードはポーチから声をあげた。寒さに震えていた。近づかねえのが身のためだぞ。

二人の姿が枯れた雑草の向こうに消えたとき一人が何か叫び返してきたが言葉は聴きとれなかった。バラードは最前少年たちが立っていたところに立って部屋のなかを見、少年たちの見たものを自分の眼で再現しようとした。確かなことは何も言えなかった。娘はぼろ毛布の下にいる。なかに入って火を熾し直しその前にしゃがんで毒づいた。

納屋から造りの粗い手製の梯子を持ってきて娘が寝ている部屋に入り天井に空いた小さな四角い穴の縁に立てかけて登り屋根裏に首を突き出した。柿葺き屋根には糸鋸で不規則に切れ目を入れたようなすきまがあり冬空が透けてそこから闇に射し入るチェッカー模様の光で埃まみれの密閉式広口ガラス瓶が詰まった古い箱が何個かあるのが見えた。バラードは上にあがり板を釘づけしていない天井裏に場所を空け布切れで埃を取り除いてまた下に降りた。

娘は重すぎた。梯子の中ほどで一番上の横木を片手で握り反対側の腕で破れをぞんざいに繕ったナイトガウンを着ている死んだ娘の腰を抱えた姿勢でとまりまた降りてきた。今度は娘の首に腕を巻きつけて持ちあげようとしたが無理だった。床に娘といっしょに坐り部屋の冷たい空気のなかに白い息を爆発させるように噴き出した。それからまた戸外の納屋へ行った。

何本かの古い短めのロープを持ってきて暖炉の前に坐り繋ぎ合わせた。隣の部屋へ行き蒼白い死体の腰に結びつけ反対側の端を持って梯子を登った。娘は上半身をぐったり前に倒し髪を全部垂らした姿で持ちあがり梯子にぶつかりながらゆっくりと登っていった。梯子の半ばでだらりと垂れさがったままとまった。それからふたたび登りはじめた。

バラードは既に栗鼠と蕪でシチューのようなものをつくっていたがその残り物を火の前に置いて温めた。食べ終えるとライフルを持って屋根裏へあがりそこに置いてきて梯子をはずし家の裏手に立てかけた。それから道路に出て町に向かった。

車はほとんど通らなかった。灰色の雑草が生えビールの空缶などのゴミが散らばっている道端を歩き眼をあげもしなかった。さらに冷えこむなか肌をほとんど青くして三時間後にはセヴィアヴィルに着いた。

バラードは買物をした。服屋のショーウィンドーに首のない粗造りな木のマネキンが赤いワンピースを着て棒一本の脚で立っていた。

ポケットのなかで金を触りながら小間物や衣類をいくつか見た。腕を交差させ左右の肩をそれぞれ反対側の手でつかんで立っていた若い売り子が通りかかったバラードのほうへ身を乗り出してきた。

何かお捜しですか。

まだ見てる途中だ、とバラードは言った。

さらに思いきって突撃を試みるように下着の陳列ケースを見ていく眼はパステル色の薄い衣類を怖れているかのような軽い動揺を浮かべていた。また売り子のそばに来たときには両手を尻ポケットに突っこんでさりげなくショーウィンドーへ眼を向けた。あの表の赤い服はいくら、と訊く。

売り子は店先に眼をやって憶い出そうとするように片手を口にあて、五ドル九十八セントかな、と言った。それから首を上下に振った。そうそう。五ドル九十八セントです。

貰おう。

売り子はもたれていたカウンターを兼ねた陳列ケースから背を起こした。背はバラードとほぼ同じだった。売り子が訊いた。サイズはいくつですか。

バラードは売り子を見た。サイズ、と言った。

サイズをご存じありませんか。

バラードは顎をさすった。娘が立ったところを見たことがなかった。売り子を見た。サイズはわからねえ、と言った。

背はどれくらいでしょう。

あんたほど高くない。

目方はご存じ。

五十キロないかな。

売り子はちょっとおかしな顔つきでバラードを見た。小柄でらっしゃるのね。

あんまり大きくない。

こちらへどうぞ、と売り子が歩きだした。

油を引いた木の床を軋らせて歩き水道管で組み立てたハンガーラックのところに来ると売り子は並んだハンガーを掻き分け赤いワンピースを抜きとって掲げた。これが七号、と言った。よっぽどちっちゃい方でない限りこれで合うんじゃないでしょうか。

それでいい。

もし合わなかったらお取り替えします。

わかった。

売り子は自分の腕を使ってワンピースを畳んだ。ほかに何か?

そうだな、とバラードは言った。ほかにもな。

売り子は待った。

この服といっしょに着るものが要るんだ。

なんでしょう。

下穿きだ、とバラードは思いきって言った。

拳に口をつけて咳をした売り子が回れ右をし通路を引き返しはじめると顔を真っ赤にしたバラードもあとに従った。

売り子は最前バラードがちらちら見ていた陳列ケースのそばに立ち小さなガラス棒の手摺を指で叩きながらバラードの身体の向こうを見た。バラードはまだ両手をズボンの尻ポケットに突っこんで両肘を張っていた。

ここにいろいろありますよ、と売り子は言って耳の後ろから鉛筆を取りガラスの手摺の上に滑らせた。

黒いのはあるかい。

売り子は重ねた商品のなかからピンクの蝶リボンのついた黒い下穿きを選び出した。

それ貰う、とバラードは言った。あとそこにある奴のどれかも。

売り子は指さされたところを見た。スリップ？

そう。

売り子は陳列ケース沿いに少し移動した。きれいな赤いのはこのワンピースによく合いますよ、と言った。

赤いの？

売り子は掲げてみせた。

じゃそれ。

ほかには？

さあな。バラードは陳列ケースのほうへ視線を投げた。

ブラ要ります？

いや。下穿きも赤いのないかな。


フォックスの店に着いたときバラードは凍えかけていた。薄暮の青みがかった光が店の周囲の荒涼たる樹林を浸していた。バラードはまっすぐストーブのところへ行き埃っぽい灰色の樽形の胴体のそばに立ち歯をかちかち鳴らした。

寒そうだな、とフォックスは言った。

バラードはうなずいた。

今夜はマイナス十六度までさがるとラジオで言ってたよ。

バラードは世間話を好む男ではなかった。店内を回って豆の缶詰とウィンナソーセージの缶詰とパン二斤を選び肉類の陳列ケースでボローニャソーセージを指さして半ポンドくれと言い一クォート瓶入りの牛乳とチーズとクラッカーと箱入りの堅焼きスコーンも買った。フォックスは眼鏡の上縁越しにカウンターの上の品物を見ながらメモ用紙に代金を書きつけて合計した。バラードは町で買ったものの包みを小脇にしっかり抱えこんだ。

きのうの夕方見つかったあの若い子はどうしたのかねえ、とフォックスが言った。

どうしたって何が、とバラードは言った。

バラードは暖炉に火を熾してから強ばった指で靴の凍った紐をほどいて靴を足から引き剝がそうとし靴の踵を床に打ちつけてようやく脱いだ。自分の足を見た。薄黄色の皮膚に白い斑点が浮いていた。隣の部屋に入るとき床の感触がほとんどなく距骨《きよこつ》で歩きまわっているように思えた。裸足で外に出て梯子を持ってきて登り娘を見た。また降りてきて持ってきたライフルを暖炉のそばに立てかけた。それから町で買ったものの包みを開き衣類を掲げて匂いを嗅ぎまた折りたたんだ。

豆の缶詰とウィンナソーセージの缶詰を一つずつ開けて火のなかに置きコーヒーをつくるため水を入れた鍋を火にかけた。それからほかのものをクロゼットに仕舞うとマットレスの端に腰をおろしてまた靴を履いた。斧を手に取り床の上をことこと音を立てて歩き夜のなかに入っていった。また雪が降りはじめていた。

どんどん薪を運びこんで部屋には古い切り株の破片や所々錆びた針金が股釘で留められているさまざまな長さの柵柱からなる大きな粗朶《そだ》の山ができた。すっかり暗くなったあとまでその作業を続けてから暖炉で盛大に火を燃やしその前に坐って夕食を取った。終わるとランプに火をともしそれを持って隣の部屋へ行き梯子を登った。小さく毒づく声と格闘するような音が続いた。

娘は梯子を降りてきて床に足をつけたところで動きをとめた。バラードがさらにロープを繰り出したがそれでも娘は梯子に寄りかかって立っていた。爪先で立ったまま倒れなかった。バラードは梯子を降りて娘の腰からロープをはずした。それから隣の部屋まで娘を引きずっていき暖炉の前に寝かせた。片方の腕をつかんで持ちあげようとしたが強ばった身体全体が動いただけだった。こいつ凍っちまった、とバラードは言った。火に薪をくべ足した。

真夜中を過ぎたころようやく身体がそこそこ軟らかくなり服を脱がせることができた。マットレスに裸で横たわった娘の黄ばんだ乳房は明かりを受けて蠟でできた花のように見えた。バラードは新しい衣類を着せはじめた。

床に坐り安物雑貨屋で買った櫛で娘の髪を梳かす。口紅のキャップをはずしダイヤルを回して娘の唇に塗りはじめた。

娘にいろいろな姿勢を取らせて外に出ては窓から娘を覗いた。一頻りそれをしたあとはただ坐って娘を抱き新しい服の上から両手で身体をまさぐった。それから話しかけながらゆっくりと服を脱がせた。ズボンを脱いで娘に添い寝した。くにゃりとした腿をひろげた。欲しかったんだろ、と娘に言った。

終わると娘を隣の部屋に移した。身体がくにゃくにゃで扱いにくかった。肉のなかで骨がばらばらになっていた。バラードは娘の身体をぼろ毛布で覆って火のそばへ戻りできるだけ炎を高くして寝床に寝そべり火を見た。煙突が激しく空気を吸いこんでごうごう吠え天辺で炎が躍った。煙突は夜の闇のなかで燃える巨大な煉瓦の蠟燭のようだった。バラードは暖炉の喉の奥へ木の枝や切り株の破片を突っこんだ。コーヒーを淹れてマットレスに寝そべる。さあ凍りやがれ、くそ野郎、と窓ガラスの向こうの夜に言った。

夜は凍った。零下二十一度までさがった。煉瓦が一つ火のなかに落ちた。バラードは火を掻き熾してから毛布をかぶって身体に引きつけ眠る態勢を取った。部屋のなかは昼間のように明るかった。天井を見あげて寝た。それからまた身体を起こしてランプに火をつけ隣の部屋に入った。娘の身体を引っくり返し腰にロープを結びつけて屋根裏へあがった。

ふたたび娘が今度は裸で立った。バラードは屋根裏から降りてきて梯子をはずし壁に立てかけると隣の部屋に戻って床についた。外では雪が静かに降っていた。

夜中に悪い宿命の予感のようなものを覚えて眼が醒めた。バラードは上体を起こした。暖炉の火は小さくなりほとんど動かない一枚の炎の舌だけになっていた。ランプをともし芯をのばした。揺れ動く煙のマントが室内にひろげられていた。天井板のすきまから白煙の太いリボンが垂れさがってくるのが見え上方で何かが物を食べているような音が小さく弾けているのが聴こえた。くそ、とバラードは言った。

立ちあがり肉の薄い肩をいからせて毛布をはおった。頭上の天井板のすきまから地獄のような熱いオレンジ色の輝きが見えた。上着を着て靴を履く。ライフルを手に雪の戸外へ出た。雑草が踏み荒らされている前庭に立って屋根を見あげた。狂ったような炎が凄まじい音とともに煙突に沿って噴きあがりまた低くなった。屋根裏からぱちぱちと凶暴な音が聴こえる。濡れた屋根から蒸気が濛々とあがり降り頻る雪が光の針となって風下に吹き流れた。

くそったれ、とバラードは言った。ライフルを木に立てかけ急いで家に駆け戻りマットレスと毛布を雪の上に放り出してもう一度家に飛びこんだ。鍋と僅かばかりの食料を運び出し隣の空部屋に置いておいた斧などの道具類やそのほかのあれこれを前庭に放り出してからまた急いで家のなかに戻り梯子を天井の穴に立てかけ上を見あげた。大きなオレンジ色の火が激しく渦巻き脈打っていた。梯子を登り天井の穴から顔を出してみた。たちまち髪がちりちり焼けた。さっと頭を引っこめて髪を手ではたく。既に煙で眼が充血し涙が流れていた。梯子の天辺でしゃがみ数分間眼を細めて火を見ていたあとで降りてきた。

また外に出たときには熊と虎を腕に抱えていた。今はもう屋根が燃えていた。ごうごう唸る炎の音にかぶせて家の向こう端で屋根に何列も並んだ古い傷んだオークの杮が弾け飛ぶ音が聴こえた。途方もない熱が放出されていた。

バラードはあんぐり口を開けて雪の上に立っていた。炎は燃える栗鼠の群れのように板壁を伝いおりてはまた駆けあがった。屋根の炎を透かして燃えるA字形の骨組みの列も見えた。数分以内に家は堅い火の壁となった。何枚かあるガラスが割れておびただしい破片となり窓枠から落ち屋根がしゅうっという音とともに家のなかへ陥没した。バラードはあまりの熱に後ずさりした。家の周囲の雪が後退してあとに濡れた地面の輪を残した。しばらくするとその地面から蒸気が立ちのぼりはじめた。

朝が来るずっと以前に今までバラードを自然から守ってくれていた家が黒焦げの煙突とそれを取り巻く燻る木切れの山に変わっていた。バラードは水浸しになった地面を横切り暖炉の残骸の上に梟のようにうずくまった。暖を求めて。かなり以前からバラードは独り言を言う癖がついていたがこのときは一言も物を言わなかった。

寒さで眼が醒めたのは朝のまだ暗いときだった。枯葉と枯枝を積んでその上にマットレスを敷き足を家の燃え残りのほうへ向けて寝ていたが天の暗闇からは雪が降りつづけていた。雪はくるまった毛布の上で溶け夜明け前の一番冷える時間帯にまた凍り眼醒めて身動きしたときには氷に覆われた毛布がガラスの割れるような音を立てた。薄い上着を着ただけの恰好で暖炉の残骸のところへよろよろ歩いていって暖まろうとした。まだ小雪がちらつくなかバラードには今何時ごろなのか見当もつかなかった。

身体の震えがとまると鍋に雪を入れ残り火の上に置いた。湯を沸かすあいだに斧で木の枝を二本適当な長さに切って支柱にし毛布を乾かすためにそこへかけた。

陽が昇ったときには暖炉の炉床につくった枯草の巣に坐って大きな磁器のカップを両手で持ちコーヒーをちびちび飲んでいた。この哀しい灰色の光の到来とともにバラードはカップを振って最後の数滴を落とし今坐っている場所から降りて木の枝で灰をつつきはじめた。午前中はほぼずっと家の残骸を調べるうちに木材の燃殻である炭と灰に膝まで黒くなり黒くなった手で掻いたり撫でたりして顔にも黒い筋がついた。骨一本見つからなかった。まるであの娘は初めからいなかったかのようだった。ついにバラードは諦めた。残った食料から雪を払い落としてボローニャサンドイッチを二つつくり焼跡の暖かい場所にしゃがんで白いパンに黒い指跡をつけながら食べ暗く大きく虚ろな眼をぎょろつかせた。

食料と鍋を包んだ毛布を肩に担ぎ山の斜面の雪の積もった樹林を登っていくバラードは頭のおかしな冬の小鬼《ノーム》のように見えた。転んで斜面を滑り毒づく。洞窟にたどり着くまで一時間かかった。二度目には斧とライフルと焼跡の熱い炭を詰めたラード缶を運んだ。

洞窟の入口は這って入るしかない大きさしかなく出入りするたびに服の前が赤い泥で汚れた。なかには広い空洞があり赤い粘土の地面から天井の穴まで輝く木の幹のような光が斜めに昇っていた。バラードは息を吹きかけながら炭で枯草に火をつけランプを組み立てて灯りをともし天井の穴の下で燃え残っている枯草を蹴って火を熾し直した。山の立ち枯れている堅木の枝や幹を切って洞窟のなかに引き入れてそれを薪にまもなく勢いのいい火を焚いた。マットレスを取りにもう一度山を降りはじめたときには背後の地面の穴から白い煙が途切れることなく立ちのぼっていた。

天候は変わらなかった。バラードは雪の降る日々山のなかを放浪するうちに以前住んでいたところまで戻ってきて昔の家とその新しい住人を眺めるようになった。夜に小高い場所へ登って寝そべり台所の窓からなかを観察した。あるいは井戸小屋の屋根から玄関を入ってすぐの部屋を覗くとグリアーがバラードのものだったストーブのそばに坐って靴を脱いだ両足を椅子の座面に載せていたりした。グリアーは眼鏡をかけて種のカタログらしきものを見ていた。バラードはライフルの照準をグリアーの胸に合わせた。次いでそれを耳のすぐ上まであげた。指が引金の冷たい曲線にぴったり密着した。ばん、と口で言った。

バラードは靴を強く地面に打ちつけて雪を落としライフルを家の横壁に立てかけてからドアを叩いた。周囲を見た。雪に覆われたソファーがありその雪の上に煤と猫の足跡の精緻な点描画ができていた。家の後ろには数台の車の残骸がありその一つのリアウィンドーの向こうから七面鳥が一羽こちらを見ていた。

ドアが開いてシャツにサスペンダー姿の廃品処理屋が現われた。入れよ、レスター、と言った。

バラードは家に入り視線を周囲に投げながら磁器の笑みで顔をつっぱらせた。だが誰もいなかった。車から取りはずした座席に坐って赤ん坊を抱いていた若い娘はバラードが入ってくると腰をあげて隣の部屋へ行ってしまった。

死んじまわねえうちにこっち来て暖ったまれ、と廃品処理屋はストーブに向かいながら言った。

みんなどこにいるんだ、とバラードは訊いた。

ふん、と廃品処理屋は言った。出てっちまったよ。

かみさんは出ていってないんだろ。

ああ。あいつは妹んちへ行ってる。娘は一番下だけ残ってほかのは出てっちまった。あと赤んぼが二人いる。

なんで急に出てっちまったんだ。

さあな。近頃の若いもんはわからん。お前は結婚したことないのを自慢していいよ、レスター。苦労と厭なことばかりでいいこたあ一つもない。自分のうちでわざわざ敵を育てて悪態つかれるだけだ。

バラードはストーブに尻を向けた。まあ俺にはよくわかんねえけど。

そこがお前の頭いいとこなんだ。

バラードは黙ってうなずいた。

住んでた家が焼けちまったんだってな。

焼けてぶっ潰れちまった。あんな火事は見たことなかった。

なんで火事になった。

知らねえ。屋根裏に火がついた。煙突から火花が飛んだんだろ。

お前寝てたのか。

ああ。ぱっと飛び出して逃げた。

ウォルドロップはなんて言ってる。

さあ。会ってねえから。俺は別に会いたかねえ。

パートン爺さんみたいにならないでよかったな。爺さんベッドで焼け死んだんだ。

バラードは身体の向きを変えてストーブで両手を暖めた。爺さん骨は見つかったのか、と訊いた。

谷を登りきったところで休憩して今来たほうを眺めた。水の溜まった足跡をずっと追ってきたがその足跡は登りだけで下りのものはなかった。それからしばらくしてその足跡を見失い別の足跡を見つけて午後のあいだじゅう森のなかで猟師のようにあとを追いつづけ陽が暮れる少し前に水の入りこむ靴のなかで足を無感覚にして洞窟に戻ってきたが結局ウイスキーは見つからずカービーの姿も見ずじまいだった。

翌朝グリアーと行き会った。丁度雨が降りはじめたところでバラードはその冷たい冬の小雨に毒づいたばかりだった。バラードは顔を伏せライフルを小脇に掻いこんで脇に寄りすれ違おうとしたが相手はそうしなかった。

やあ、と言った。

やあ、とバラードは返した。

あんたバラードだろ。

バラードは顔をあげなかった。雑草が生えた林道の濡れた落葉を踏んでいる相手の靴を見ていた。いや違う、と答えて歩きつづけた。

俺あ捕まっちまってな、レスター、とカービーが言った。

捕まった？

執行猶予三年だ。

バラードはリノリウム張りの床に安物の家具を置いた狭い室内を見まわした。なんだそりゃ。

ひでえだろ。まさかあの黒んぼどもがそうだとは思わなかった。

黒んぼども？

奴らは黒んぼどもを寄越しやがった。俺はそいつらに酒を売ったんだよ。三回も。そのうち一人はそこの椅子に坐って一パイント飲んだよ。飲んだあとすっと立って外に出て車に乗った。よくそんなことできたもんだ。あのまま車を運転してったんだろう。もうみんなパクられた。コック郡のブライト婆さんも。あの婆さんは俺が生まれる前からずっとウイスキーを売ってたんだけどな。
バラードは背を屈めて床の空缶に唾を吐いた。くそだな、と言った。
まさか黒んぼを寄越すとは思わなかった、とカービーは言った。

バラードは玄関前に立った。車回しに車はなかった。窓の下のぬかるみに薄黄色い台形の光が映っていた。家のなかでは重度の精神障害を持つ子供が床を這い娘がソファーに寝そべって雑誌を読んでいた。バラードは手を持ちあげてドアを叩いた。

ドアが開いたときバラードは既に病的な笑みを浮かべ乾いた唇を歯の上でぴんとつっぱらせていた。やあ、とバラードは言った。

パパはいないよ、と娘は言った。腰でドア枠に寄りかかり相手に全然関心がないことを露骨に表わした顔でバラードを見た。

何時ごろ帰ってくるかな。

さあ。ママを教会へ連れてったの。帰ってくるのは十時半か十一時くらいだと思うけど。

そうか。

娘は何も言わなかった。

なんか愛想がよくねえな。

ドアを開けたまま突っ立たされてるからよ。

なかへ入れってて言ってくれないのかな。

娘は少し考えたがやがてドアを大きく引き開けた。迷いは眼のなかに見てとれた。だが愚かしいことに娘はバラードを家に入れた。

バラードは手をぱんぱん打ち鳴らしながら靴底を引きずる歩き方で家に入った。どうだ坊主は元気か。

あいかわらずいかれてるわ。娘は雑誌のあるソファーのほうへ向かっていった。

バラードは涎を垂らしている汚れた子供のほとんど毛のない頭を撫でた。なかなか賢い子だな、と言った。

何言ってんのよ、と娘は言った。

バラードは娘を見た。ピンクの安物の綿スラックスを穿いた脚であぐらをかき膝にクッションを一つ載せていた。バラードは立ちあがってストーブのそばへ行き背中を暖める姿勢で立った。ストーブは腰の高さの亀甲金網で囲われていた。金網の支柱は床に釘づけされ金網も釘で留められている。こんなのその気になりゃ坊主にも押し倒せるよな、とバラードは言った。

そんなことしたら思いきりぶん殴ってやるから、と娘は言った。

バラードは娘をじっと見た。狡猾そうに眼を細めてにやりと笑った。その子、お前の子だろ。

娘はぱっと顔をあげた。あんた頭がどうかしてるよ。

バラードは娘に色目を使った。黒っぽく色が変わったズボンの脚から湯気があがっていた。誤魔化そうたって駄目だぜ。

でたらめ言うな馬鹿。

でたらめならいいなと思ってるんだろ。

もう黙れ。

バラードは身体の向きを変えて前を暖めはじめた。道路を車が一台走った。二人とも首を巡らしてヘッドライトを追った。娘はバラードに眼を戻し鶏のように首に筋を立てて嘲りのしかめ面をした。子供は床に坐って涎を垂らすだけで動かない。

相手はあのトマスっていういかれた小僧じゃないのか。

娘はちらりとバラードを見た。顔が赤らみ眼が赤くなっていた。

あのいかれた小僧と藪のなかへしけこんだんだろ。

もう黙ったほうがいいよ、レスター・バラード。パパに言いつけるから。

パパに言いつけるから、とバラードは泣きそうな声で真似た。

ほんとに言いつけるから待ってな。

なんだよ。からかっただけなのに。

じゃもっとからかえば。

まだネンネすぎて大人がからかってるのもわからねえんだろうな。

あんたなんか大人じゃない。ただのいかれた男よ。

お前が思ってるよりもっと凄い男かもしれねえよ。なんでズボンなんか穿いてんだ。

あんたになんの関係があんのよ。

バラードは口のなかが乾いていた。脚が見えねえからさ。

娘は無表情にバラードを見てから顔を赤くした。あんたに見せるもんなんかない。

バラードは何歩かぎこちなくソファーのほうへ歩いて部屋の真ん中で足をとめた。お前のいいチチ見せてみろよ、と嗄れた声で言った。

娘は立ちあがりドアを指さした。出てけ。今すぐ。

なあいいじゃねえか、とバラードは喘ぐような声を出した。見るだけだから。

レスター・バラード、パパが帰ってきたらあんた殺されるからね。さあ早く出ていって。あたし本気だから。どすんと足を踏み鳴らす。

バラードは娘を見た。わかったよ。お前がそういう出方をするんならな。玄関へ行ってドアを開け外に出てドアを閉めた。内側で施錠する音が聴こえた。夜は澄みきって冷たく空の月は大きな輪のなかに鎮座していた。バラードの息が天の闇に向かって白く昇っていく。振り返って家を見た。娘が窓の隅からこちらを見ていた。バラードは荒れた車回しを歩いて道路のほうに向かい側溝をまたぎ越えて庭の端に沿って歩いたがまた側溝をまたいで家のほうへ引き返した。クラブアップルの木に立てかけておいたライフルを取り家の横壁に沿って進みシンダーブロックの低い塀の上にあがって歩いて洗濯紐の横を通り炭の山の横を過ぎて窓を覗きこめる場所へ来た。ソファーの上に娘の後頭部が見えていた。しばらくそれを見ていたあとライフルを持ちあげ撃鉄を起こし頭に照準を定めた。丁度そのとき不意に娘がソファーから立って窓のほうを向いた。バラードは発砲した。

冷たい静寂のなかで発射音は途轍もなく大きく響いた。瞬時に蜘蛛の巣を張ったガラス越しに娘が前屈みになり直ぐまた身体を起こすのが見えた。薬室に次の弾薬を送りこみ銃身を持ちあげたとき娘が倒れた。手を地面におろして凍った泥の上を探ったが空薬莢は見つからなかった。急いで家の表側に駆け戻り華奢な階段を登ると玄関ドアの前でぴたりととまった。畜生、とバラードは言った。鍵をかける音がしたじゃねえか。前庭に飛び降り走って家の裏手へ回り網で囲った低いポーチにあがって台所のドアを押し開け玄関側の部屋へ行った。娘は床に横たわっていたが死んではいなかった。動いていた。起きあがろうとしていた。黄色いリノリウムの敷物に一筋細く血が流れ床の木に黒く染みこんでいた。バラードはライフルを握って娘を見た。死ね、くそったれと言った。娘は死んだ。

娘が動きをとめると部屋中の新聞や雑誌を集めて引き裂いた。子供が黙ってこちらを見ていた。バラードは周りを囲む金網を引きむしり足でストーブを押し倒した。煙突が床に崩れ落ちて煤の煙をあげた。ストーブの扉を開けると熱い熾《おき》が転がり出た。その上へ破った新聞や雑誌を積み重ねた。たちまち部屋の真ん中で火が燃えだした。バラードは死んだ娘を抱き起こした。血でぬるぬるしていた。肩に担ぎあげて周囲を見た。ライフル。ソファーに立てかけてあった。それを手に取り必死に周りを見た。既に天井には沸きたつ煙の層ができてリノリウムの周りの木の床を小さな炎が舐めていた。台所への戸口でさっと振り返ったとき煙を透かして最後に見えたのは精神障害のある子供だった。汚い子供は怖れる様子もなく坐って苺のように真ん丸な眼でバラードを見ていた。

バラードが山の頂上に近い道を歩いていると保安官が背後で車をとめた。保安官はライフルを地面に置けと命じたがバラードは動かなかった。片手でライフルをまっすぐ縦に持ち道端に立ったまま声の主を確かめるために振り返ることすらしなかった。保安官は拳銃を窓の外に出して撃鉄を起こした。冷たい空気のなかで撃鉄の音とシリンダーストップがシリンダーのノッチにはまる音がはっきりと響いた。おい、銃を地面に置いたほうが身のためだぞ。

バラードはライフルの台尻を路面について手を離した。ライフルは道端の藪のなかに倒れた。

こっちを向け。

よしこっちへ来い。

そこでじっとしてろ。

車に乗れ。

両手を出せ。

ライフルをあそこへ置いといたら誰かに持っていかれちまう。

お前のくそライフルの心配は俺がしてやるよ。


机の向こうの男は祈りでもあげるように身体の前で手を組んでいた。そして組んだ手を見越すようにしてバラードを見た。何も悪いことをしてないんだったらなぜ人に見つからないよう藪のなかばかり歩くのかね。

警察のやり口を知ってるからさ、とバラードは呟くように言った。奴らは豚箱にぶちこんでぶちのめす。

この男は以前に不当な扱いを受けたことがあるのかね、保安官。

この男はそんな目に遭うほど間抜けじゃありませんよ。

君はウォーカー保安官補に毒づいたと聴いたが。

え、どうなのかね。

なぜそっちのほうを見ているんだ。

ただ見てるだけだ。

ミスター・ウォーカーを見てもどう答えたらいいかは教えてくれないぞ。

何を話しちゃいけないかは教えるかもな。

君がミスター・ウォルドロップの家を燃やしたというのは本当かね。

いや。

燃えたとき君はあそこに住んでいたんだろう。

それは……俺はやってない。火事のずっと前にあそこを出たんだ。

室内が静かになった。しばらくして机についた男は両手をおろして膝の上で組んだ。ミスター・バラード、と言った。君はほかの生活のしかたを見つけるか世界のほかの場所に今のしかたで生活できる場所を見つけるかどちらかにするしかないぞ。

バラードは店に入り鉄格子がはまったドアを閉めた。誰もいない店で店主のフォックスがこの何か憂苦を抱えているような様子の小柄な客にうなずきかけた。バラードはうなずき返さなかった。棚を見てまわりラベルを表側に向けて並べてある缶詰のなかから買うものを選び出して整然とした商品の列に痛ましい穴をつくりカウンターの店主の前に缶詰を積んだ。それから肉の陳列ケースのところへ行った。店主が立ちあがり古い血の跡の色が抜けて淡いピンクの染みが残っている白い前掛けを腰にあて後ろで紐を結んで肉の陳列ケースに近づき電気をつけると円筒状のボローニャソーセージなど各種のソーセージや厚みのある円盤状のチーズや塩漬け肉やトレイに載せた豚の切身が照らし出された。

ボローニャを半ポンド分スライスしてくれ、とバラードは言った。

店主はソーセージを出してまな板に載せ包丁で薄切りにしはじめた。切った肉を一枚ずつ肉包装紙に載せた。終わると包丁を置き紙に載せた肉を秤で測った。店主とバラードは揺れる針を見つめた。ほかには、と店主は紙包みを紐で縛りながら訊いた。

そこのチーズも少しくれ。

それから煙草の葉も一袋買い立ったまま一本巻きながら品物の小山を顎で示した。勘定を頼む、と言った。

店主はメモ帳に代金を書き出しながら商品を一つずつカウンターの一方の端からほか方の端へ移した。それから立ちあがり親指で眼鏡を押しあげた。

五ドル十セントだね。

つけといてくれ。

バラード、いつ払ってくれるんだ。

そうだな。今日いくらか置いてくかな。

いくら。

そうだな。三ドルかな。

店主は紙の上で計算した。

つけは全部でいくらだ。

三十四ドル十九セント。

今日のも入れてか。

今日のも入れて。

じゃ四ドル十九セント払っとく。これで残りはきっちり三十ドルだな。

店主はバラードを見た。バラード、お前年はいくつだ。

二十七だけどどうかしたか。

二十七。二十七にもなって有金が四ドル十九セントか。

店主は紙の上で何か計算した。

バラードは待った。何を計算してるんだ、と胡散臭げに訊いた。

まあ待ちな、と店主は言った。しばらくしてメモ用紙を持ちあげ眼を細めて見た。ええとだな、俺の計算ではこの調子でいくとお前が三十ドル払い終わるのに百九十四年かかることになる。バラード、俺はもう六十七なんだ。

馬鹿くせえ。

勿論これはお前がもう何も買わないとしての話だ。

そんな馬鹿くせえ話があるか。

まあ計算が間違ってるかもしれんがね。確かめてみるかい。

バラードは店主の差し出すメモ用紙を押し返した。そんなもん見たくねえ。

俺としちゃあ損をなるたけ小さくしたいんだ。だから四ドル十九セント持ってるんなら四ドル十九セント分の買物をしたらどうかね。

バラードの顔がひくついた。

何を戻す、と店主は訊く。

なんにも戻さねえ、とバラードは言い五ドル十セントをカウンターに叩きつけた。

二月初旬のある日曜日の朝バラードは山を越えてブラウント郡に入った。山腹に石のあいだから湧き出る泉があった。妖精が残したような鳥や白足鼠《しろあしねずみ》の足跡のついた雪の上にひざまずいてバラードは顔を緑の水面におろして水を飲み水面で波打つ自分の顔をまじまじ見た。こちらを見つめる顔に触ろうと手を少しのばしたが途中でやめ立ちあがって口を拭きまた森のなかを歩きつづけた。

古い深い森。ある時代の世界には誰のものでもない森があったがこれはそれに似た森だった。山の斜面に百合木《ゆりのき》が倒れておりその木の根が荷車ほどの大きさの石を二つつかんで地面より高く持ちあげていてその大きな石版には浮彫になった古代の貝殻や石灰岩に刻まれた魚など消え去った海の物語だけが記されていた。だぶだぶの服が小粋にすら見えるバラードがゴシック風の木の幹のあいだで膝まで埋まる雪の吹き溜まりを渡り石灰岩の崖の南面に沿って進んでいくと崖の下の土を足で掻いていた鳥たちが動きをとめて眼を向けてきた。

たどり着いた道には車や人や動物の跡がまったくなかった。バラードはその道に降りて歩きだした。真昼近くの太陽は雪の上でまぶしく輝き雪は無数の水晶を煌めかせた。白い屍衣に包まれた道は前方で曲がり樹林のなかに消え道の片側には氷が張っている下を水が暗く流れていて木々の根の下に小さな氷の牙を生やした空洞があり水を眼に見えない地中に吸いこんでいた。道端の草は螺旋状に巻いた霜のリボンとなっていたがどんな具合にそうなったのかは見当もつかなかった。ライフルを肩に担ぎ霜のリボンを一つ食べた。靴を包んだ布袋に雪がついて足が巨大になっていた。

やがて一軒の家が見えてきた。沈黙した風景のなかの沈黙した家は煙突から粗布の襟巻のような煙を巻きのぼらせていた。道にはタイヤの跡があったが夜のうちに雪の下に埋もれていた。山を降りたバラードはさらに何軒かの家と皮鞣《かわなめし》工場跡のそばを通ってとある道に出たがその道は車が通ったばかりでタイヤチェーンの凹凸模様が曲がりながら白い樹林に入っていき翡翠色の川が南の山のほうへ曲がりながらのびていた。

その店に着いたときバラードは玄関ポーチに置かれた箱に腰かけポケットナイフで足を

縛った紐を切り布袋をはずして振り腰をあげて袋と紐を箱の上に置いた。履いている靴は浅い黒靴で自分の足のサイズより大きい。ライフルは橋を渡るときその下に置いてきた。靴底を床に叩きつけてからドアを開けなかに入った。

ストーブを囲んでいる男たちはバラードが入ってくると話をやめた。バラードはストーブの反対側へ行きほかの客に軽く会釈をした。両手を出して炙りながらさりげなく周囲を見まわして言った。どうも寒いな。

誰も寒いとも寒くないとも言わなかった。バラードは咳払いをして手をこすり合わせると飲み物の箱のところへ行きオレンジジュースを出して栓を抜き堅焼きスコーンを取ってカウンターで代金を払った。店主は十セント硬貨を現金入れに落として引き出しを閉めた。どうも凄い雪だね、と言った。

バラードはまったくだと言い、カウンターにもたれてスコーンを食べ飲み物をちびちび飲んだ。しばらくして店主のほうへ身を乗り出した。あんた時計要らないか。

え？　と店主が訊き返す。

時計。時計要らないか。

店主はバラードを無表情に見た。時計って。どんな時計。

いろいろあるよ。ほら。バラードは飲み物と食べかけのスコーンをカウンターに置いてポケットに手を入れた。腕時計を三個出してカウンターに置く。店主は人さし指でちょんちょんとつついた。時計は要らんよ。うちもあそこのケースにいくつか並べてるが一年くらいそのままだ。

バラードは店主が指さしたところを見た。埃っぽい時計が何個かセロファンに包まれて靴下やヘアネットといっしょに並べられていた。

あれはいくらで売ってんだ、とバラードは訊いた。

八ドルだよ。

バラードは店の時計を疑わしげな眼で眺めた。ふうん、と言った。スコーンを食べ終えるとバンドを持って腕時計をぶらさげジュースの瓶を反対側の手で持ってまたストーブのそばまで行った。腕時計の束を差し出して躊躇いながら一番近くにいる男に持ちかけた。腕時計要らないかな。

男はちらりと時計を見てすぐ眼をそらした。

おっちゃんちょっと見せてくんないか、と太った若者が言った。

バラードは三つとも渡した。

これいくら。
五ドルでどうだい。
え、三つで？
んな馬鹿な。一つ五ドルだ。
ちっ。
そいつを見せてみな、オーヴィス。
待ってくれよ、まだ見てんだ。
見せてみろって。
そいつは物がいいんだ。
見せてみろ。これいくらだって？
五ドル。
二ドルでどうだ、出どころは訊かねえから。
そりゃ駄目だ。
見せてくれ、フレッド。こいつはどこがおかしいんだ。
おかしかない。ちゃんと音がしてるだろ。

そっちの金色の奴なら三ドルで買うぞ。

バラードは一人の男からもう一人の男へ視線を移した。四ドルだ。どれでもいい。

全部だといくらだ。

バラードはちょっと時間をかけて暗算した。十二ドルだ。

そりゃねえや。普通割引するだろ。

時計はその三つだけかい。

三つだけだ。

ほら。もうこの人に返せよ。

今日は時計の買い入れやんないのか、オーヴィス。

この旦那がうんと言わねえからな。

いくらなら出す、とバラードが訊いた。

三つで八ドルなら。

バラードは男たちの顔を見比べた。男たちはこの日曜日の朝に中古の腕時計がいくらで売れるだろうという顔でバラードの顔を見ていた。バラードは手のひらで腕時計の重みを測るような仕草をしたあとで三つを差し出した。よし売った。

買い手は立ちあがって金を渡し腕時計を受けとった。これ三ドルで買わねえか、と隣にいる男に訊いた。

おう、買うよ。

誰かこっちを三ドルでどうだ。若者はもう一つの腕時計を掲げた。

ずっと時計を見ていた男が片方の脚をのばしてポケットに手を入れた。お前からだったら買うよ。

残りのそいつはいくらで売る気だ、オーヴィス。

まあ五ドルかな。

ふん。なんで二ドル高えんだ。

こいつはいい時計なんだよ。

川までやってきたバラードは何もない真っ白な田舎の土地を見まわしたあと道から降りて橋の下に入った。下流から河原を遡ってくる足跡がついていたがそれはバラードのものではなかった。橋の支柱をよじ登って桁の上に隠したライフルを取ろうと手をのばした。しばらくのあいだコンクリートで擦り剝きながら必死に手を動かして捜した。眼は川と自分が死ぬまで引き連れていくに違いない足跡を見ていた。それから手が銃床をつかんだ。心臓をどきどきさせながらライフルをおろして毒づいた。お前俺を狙ってるだろ、と雪の上についている足跡に向かって泣くような声で言った。声はアーチ橋の下で虚ろに響いて自分の声ではないような音で返ってきた。その声を犬のように首を傾げて聴いたあとバラードは土手を登りふたたび道を歩きだした。

洞窟に着いたときは暗くなっていた。穴に這いこみマッチを擦ってランプをともし炉の周囲に丸く並べた石のそばに置いた。入口に近いあたりの洞窟内の壁は常夜《とこよ》の闇から生まれ出た白っぽい石の襞のあるカーテンで天井の亀裂からは石灰岩の歯列が垂れさがっていた。頭上の黒い煙穴のなかで昴《すばる》の遠い瞼のない星々が冷たい純粋な火を燃やしていた。バラードは焚火の灰と骨のなかから鈍い桜桃色の炭をいくつか蹴り出した。乾いた草と小枝を運びこんで火をつけまた外に出て鍋に雪を盛りなかへ持ってきて火にかけた。木の枝を積んだ上にマットレスを敷いてそこへ縫いぐるみを載せほかの僅かばかりの所有物は洞窟のあちこちに適当に置いていた。

火を熾したあとは懐中電灯を持って部屋を横切り狭い通路のなかへ入りこんだ。湿った石の通路を通って山のなかの別の部屋へ向かう。懐中電灯の光が走って石灰石の柱の群れや歪《いびつ》な形の大きな濡れた石壺のように見えるものをちらちら照らした。部屋の床からは地下水が流れ出ていた。水は方解石の窪みから黒々と湧き出し狭い溝を流れ部屋が先細りになっていく先の黒い穴に消えていた。水面に当たった懐中電灯の光はまるで地下の不思議な力に曲げられたかのようになんの変化もせずそのままはね返ってきた。至るところで水が滴ってはね散り洞窟の濡れた壁は光を受けて蠟か漆を塗られているように見えた。

流れをたどって部屋が狭まっている場所まで行くと水は前方の闇のなかへ勢いよく流れこみ石が自らつくりあげた器から器へ降りていく。石や岩棚の上を敏捷に伝いあるき常に足を濡らさないよう気をつけ所々で流れをまたいで進むうちに懐中電灯の光が仄白い水底に当たると白いザリガニが盲目ながら後ずさりをして身体の向きを変えた。

こうしておそらく二キロ近くの距離をあちこちで曲がりフェンシング選手のように身体を横向きにして狭い場所を通り抜け腹這いでトンネルをくぐり鉱物質を豊かに含んだ水の匂いを傍らに嗅ぎながらある場所では何かわからない動物の白亜化した糞の脇を通りやがて煙突状の空間を登ったあと水の流れを下に見る通路を進むとかなりの高さがある釣鐘型の空洞に出た。壁は軟らかそうに見える渦巻き模様を盛りあげ血のように赤い濡れた泥を涎のように垂らしてまるで何か大型動物の内臓のような生き物の組織めいた外観を呈している。この山の腹のなかでバラードが懐中電灯を点灯すると岩棚を寝床に死人たちが聖者のように並んで寝ているのが照らし出された。

怖ろしく寒い冬だった。バラードはこの冬が終わる前に豚の背のような山稜の地衣類に覆われた頁岩の地面から風下のほうへ傾いて生えている悲壮な姿の唐檜のように前屈みの身体になるだろうと思った。冬の青い黄昏時に森のなかに横たわる巨礫と朽ちかけた巨木のあいだを歩いて山を登りながらなぜこんな激変が起きるのかといぶかった。森を無秩序が襲い新たに木が倒れ新たな通り道が必要になる。その役目を自分が担わされるとしたらバラードは森のなかと人の魂のなかをもっと秩序正しくするだろうと思った。

また雪が降った。四日間降りつづけたせいでバラードがまた山を降りたときグリアーの家を見おろせる尾根まで来るのに午前の時間のほぼ全部を必要とした。斧で薪を割る音が距離と降る雪でくぐもって聴こえた。何も見えなかった。雪は空を背景に灰色の斑となり睫毛にそっと引っかかった。雪は音もなく落ちてきた。バラードはライフルを小脇に抱えて斜面を降り家に向かった。

バラードは納屋の後ろにしゃがみグリアーの気配を求めて耳を澄ました。泥と畜糞のぬかるみが凍った地面に家畜の足跡が深く刻印されていた。納屋のなかは空だった。ロフトは乾草で満たされていた。バラードは納屋のドアの脇に立って降る雪越しに灰色に見える母屋を見た。鶏小屋へ行って掛金に巻きつけてある針金をはずしてなかに入った。反対側の壁の巣から数羽の白い雌鶏が不安げにこちらを見た。並んだ止まり木の脇を通り亀甲金網の扉をくぐって給餌室に入る。そこで玉蜀黍の粒をポケットに詰めて引き返した。バラードは雌鶏たちの様子をうかがい軽い舌打ちとともに一羽に手をのばした。雌鶏は長い嗄れ声をあげて産卵箱から弾けるように飛び立ちバラードの脇を羽ばたいて床に降りると小走りに去った。バラードは毒づいた。その騒ぎにほかの雌鶏も一羽ずつや二羽連れだって逃げ出す。バラードはさっと腕をのばして飛び出してきた一羽の尻尾をとらえた。激昂の甲高い声をあげる雌鶏の喉をつかんだ。暴れる鶏を両手で押さえライフルを膝に挟んだ恰好でぴょんぴょん跳んで埃と蜘蛛の巣のついた小窓から外を見る。何も動きはなかった。えいくそ馬鹿、と鶏だかグリアーだかその両方だかを罵った。鶏の首をひねり産卵箱から手早く卵を何個か取ってポケットに入れ鶏小屋を出た。

春になるかそうでなくても少し暖かくなれば森の雪は溶けて冬のあいだについた足跡が薄い下層の雪の上にふたたび現われ羊皮紙の消されたもとの字が読みとれるように埋もれていた古い彷徨や闘争や死の痕跡が露わになる。時間が逆戻りしたように冬の物語がふたたび白日のもとに晒される。バラードは森のなかを歩きながら丘を越えて昔住んでいた場所のほうへ続いている自分の古い足跡を蹴散らした。古い往路と復路。雪に陰刻された狐の足跡は小さな茸のようで鳥の赤い糞が血のように落ちていると野苺が点々としているようだった。

見晴らしのいい場所に来るとライフルを岩に立てかけて眼下の家を見おろした。煙突からは煙が出ていなかった。バラードは腕組みをして見ていた。今日はどこにいるんだとグリアーに尋ねた。寒さを増した灰色の日には溶けだした雪が滴ったり流れたりするのをやめた。バラードは降りはじめた雪が灰のように平地へ落ちていくのを眺めた。

お前はどこにいるんだ、くそ野郎、と呼びかけた。

腕組みをしたバラードの上着の袖に繊細な雪の花瓶敷きが敷かれやがて消えた。沈黙した家が灰色の降雪に霞んでしまうまで見おろしていた。しばらくしてまたライフルを取りあげ山の稜線を越えて道の見えるところまで行った。人も車も通っていなかった。雪があまりに素早く降るので平地がまったく見えなくなった。降り頻る雪のあいだから一群れの小鳥が繁吹くように現われ風に吹かれる枯葉のように飛び過ぎてまた沈黙のなかに消えた。バラードはしゃがんで両膝のあいだにライフルを立てた。雪にもっと速く降れと言うと雪はそのとおりにした。

雪がやんでからは毎日そこへ行った。八百メートルほど離れた高台から見張り、グリアーが家を出て薪を取りに行ったり納屋や鶏小屋に行ったりするのを見た。グリアーがまた家に入るとバラードは目的もなく森のなかを彷徨いながら独り言を言った。そして奇妙な計画を練った。ブーツを引きずる足取りが小さな動物の足跡を消した。鼠が通った跡、狐が夜に狩りをした跡を。背中を丸めた梟がする穏やかな検閲。

バラードはかなり前から女の犠牲者たちの下着を身につけていたが今では服も着て外を出歩くようになっていた。身に合わない衣装をつけたゴシック風の人形といった風情で赤く塗った唇は白い風景のなかで明るく浮き出して見えた。眼下の平地にはいくつかの錆びた屋根と薄い煙の筋が見えた。道が白い平地にリボン状の泥の傷をつけその向こうには山並みが重なり枯木と鈍い緑の糸杉の土手をつくっていた。

洞窟から出た自分の足跡は洞内の泥の血のように赤い色をしていたが山の斜面を横切るうちにまるで雪に足を焼灼されたように薄れそのうちに雪の上に白い乾いた足跡が残るだけとなった。偽の春がふたたびやってきて暖かい風をもたらした。雪が溶けて濡れた落葉のあいだに残る灰色の氷の小さな切れ端となった。温暖になったせいで洞窟の奥深くでは蝙蝠がざわめきはじめた。ある夜に火のそばの寝床に横になっていたバラードは蝙蝠の群れがトンネルの闇のなかから出てきて頭上の穴から灰と煙を激しい羽ばたきではね散らしながら冥府から飛び立つ魂のように昇っていくのを見た。蝙蝠の群れが去ったあとは煙出しの穴から見える冷たい星の大集団を眺めてあれらの星は何でできているのか、自分は何でできているのかと考えた。

III

あそこです、保安官、と保安官補が言った。

よし。端まで行ってUターンするんだ。

車が深くぬかるんだ山道を軽く尻を振りながら登りタイヤの下から濡れた泥の長い板を後ろへ送り出していくうちに道路のはずれのUターン路へ来た。方向転換をして道路をくだりはじめると轍が道端の雑草のなかに入りその先で若木がなぎ倒されてタイヤ痕が崖から山の斜面に降りているのが見えた。

車はあの下です、と保安官補は言った。

車は深い谷の数十メートル下で横転していた。保安官はそちらを見なかった。振り返ってUターン路のほうを見ていた。三日前ならまだ少し地面に雪が残ってたからそのとき来たかったたな。まあともかく見てみるか。

横転した車の脇に立って二人でドアを持ちあげ保安官補が車内に入った。しばらくして言った。なんにもないですよ、保安官。

グラブボックスのなかは。

なんにもないです。

シートの下を見てみろ。

もう見ましたよ。

もっと見てみろ。

車から出てきたとき保安官補は瓶の王冠を手にしていた。それを保安官に渡した。

なんだこれは。

あったのはこれだけです。

保安官は王冠を見た。トランクを開けてみよう。

トランクにはスペアタイヤが一本とジャッキとラグレンチとぼろ布と空瓶二つが入っていた。保安官は両手をポケットに突っこんで立ち谷の斜面の上の道のほうを見た。ここから上の道へあがるとしたら、と保安官は言った。というかここに落ちたらあの道にあがるしかないんだが——お前ならどうやって行く。

保安官補は指さした。あの溝を登っていきますね。

俺もだ。

どこへ行ったんだと思います。

わからん。

お袋さんは息子がいつからいなくなったと言ってましたっけ。

日曜の夜からだ。

ほんとに女の子もいっしょだったんですかね。

そういう話だ。二人は婚約してた。

森を抜けてどっかへ行ったとか。

そもそも車に乗ってなかったんだろうな。

そう思いますか。

ああ。

じゃ車はどうやってここへ。

誰かが押したんだと思う。

駆け落ちでもしたのかなあ。車の支払いがどうなってるか調べてみたらどうですかね。

ひょっとしたら……。

もう調べた。支払いは済んでる。

保安官補はブーツの爪先で小石をいくつかつついた。しばらくして顔をあげた。一体二人はどこ行ったんだと思います。

前にここで死体が見つかった若い男といっしょにいたはずの女の子と同じところへ行ったんだろうな。

今度の娘はわたしらが話したブラロックのせがれといっしょにいるはずだったんですよね。

ああ。まあ近頃の若い者のなかにはお盛んな連中がいるからな。さああそこを登ろうか。

二人は道路を歩いてUターン路まで行った。そのはずれの道路沿いの泥の上に靴跡を見つけた。道路がぐるりと回るところを進んでいくとさらに靴跡が見つかった。保安官がそれを顎で示した。

どう思います、保安官、と保安官補が言った。

どうも何も。誰かがしょんべんしただけかもしれん。保安官は道路の先を見た。そして訊いた。ここから車を押したとしたら道路からはずれるまでにあの俺たちの車があるあたりまで行くと思うか。

保安官補も同じところに眼をやった。そうですね、行くかもしれないですね。ありえますよ。

俺もそう思う、と保安官は言った。

バラードは新しい靴に泥をたっぷりくっつけながらピックアップトラックに近づいていった。ライフルを小脇に抱え手には懐中電灯を持っている。トラックのところへ来るとドアを開け懐中電灯をつけて黄色い光のなかに抱き合っている若い男と娘の白い顔をとらえた。

娘がまず口を開いた。このひと銃を持ってる。

バラードは頭が鈍く痺れていた。三人はまるでバラードが考えているのとは別の目的でここに集まったかのようだった。バラードは言った。免許証を見せろ。

あんた警察じゃないだろ。

お前の知ったことか、とバラードは言った。ここで何やってるんだ。

坐ってるだけよ、と娘が言った。肩に紗の羊歯の葉が一枚と赤葡萄酒色のクレープ地の薔薇の花が二つついていた。

お前らこれからハメるとこだったんだろ。バラードは二人の顔をじっと見た。

口に気をつけろよ、と若者のほうが言った。

お前やる気か。

そのライフルを置いたらいつでもやってやる。

いつでもピョンと跳べよ、蛙野郎、とバラードは言った。

若い男は手をのばしてイグニッションキーを回しエンジンをかけようとした。

やめろ、とバラードは言った。

エンジンはかからなかった。若い男がライフルの銃身を払おうとするように片手をあげたときバラードは相手の首を撃ち抜いた。男は横に倒れて娘の膝に頭を落とした。娘は手を組み合わせて顎の下へあてた。声をあげた。

バラードは次の弾薬を薬室へ送りこんだ。俺はそいつに言ったはずだ。ちゃんと言っただろ。なんで人の言うことを聴かねえんだ。

娘は若者を見てから顔をあげてバラードを見た。置場がわからないというように両手を宙に浮かせていた。なんでこんなことすんのよ、と言った。

そいつが悪いんだ。この馬鹿にちゃんと言ったはずだ。

ああ、と娘は言った。

車から降りろ。

え？

降りろ。そこから出てこい。

どうする気。

そいつは俺が知ってるから降りてくりゃいいんだ。

娘は膝から若者をどけて座席から腰をあげぬかるんだ道路に出てきた。

向こう向け、とバラードは言った。

何するの。

いいから向こう向け。

あたしトイレ行きたい。

そんなことは気にしなくていい。

娘の肩を持って身体を向こう向きにすると頭蓋骨の下部にライフルの銃口をあてがって発砲した。

娘は全身の骨が液体になったようにすっと落ちた。バラードは抱きとめようとしたが身体は泥の上にどさりと倒れた。襟首をつかんで引きあげようとしたものの生地が拳のなかで破れてしまい結局ライフルをトラックのフェンダーに立てかけて両腕で抱えあげなければならなかった。

バラードは娘を引きずって草地を後ろ向きに歩きながら何度も背後を振り返った。娘の頭はだらりと垂れ血が首筋を伝い落ちており引きずられて足から靴が脱げた。バラードは荒い息をつき眼が狂乱して白眼をむいていた。娘を道から十五メートルと離れていない森のなかに横たえて飛びかかりまだ温かい唇にキスをし服の下の身体をまさぐった。それから突然動きをとめて立ちあがった。スカートを脱がせて娘を見た。娘は失禁していた。バラードは罵りの言葉を吐き下穿きを脱がせてスカートの裾で蒼白い腿を拭いた。バラードがズボンを膝まで降ろしたときトラックのエンジンの始動音が聴こえた。

バラードが漏らした音は娘が漏らしたものと似ていなくもなかった。それは息を引きこむ乾いた音で恐怖に抑えこまれて声は出なかった。飛びあがってズボンを引っ張りあげると藪を突っ切って道のほうへ走った。

狂乱した山の鬼《トロール》といった風情で血に汚れたズボンを片手で引きあげながら甲高い意味

不明の叫び声をあげ森から飛び出して砂利道を駆け無灯火のトラックが舞いあがる土埃に半ば隠れて後退していくのを追いかけた。山を猛烈な勢いで駆けおりたがしまいには走れなくなり待てと怒鳴ろうにも声が出なかった。まもなく立ちどまりベルトのバックルを留めたあと脇腹を押さえ前屈みの姿勢でよろよろ歩きだし荒い息をつきながら呟いた。遠くまでは行けねえぞ、お前はもう死にかけてるんだ。山を半分降りたところでライフルを持っていないことに気づいた。バラードは足をとめた。それからなおも歩きつづけた。

平地の道に降りるとハイウェイのほうを見やった。月光のもとで道路の上には砂埃が薄く漂い眼路の限りずっと靄に包まれている川のようだった。バラードの心臓は胸のなかで石のようになった。埃っぽい道にしゃがんでいるとやがて息が鎮まった。立ちあがってまた山に引き返しはじめた。初めは走ろうとしたが走れなかった。頂上まで五キロ足らずの距離を行くのに一時間近くかかった。

トラックのフェンダーに立てかけてあったライフルが道に倒れているのを見つけて点検しそれから森に入った。娘は置いたところに横たわっていたが身体が冷たくなり死後硬直で強ばりかけていた。バラードは窒息しそうになるまで大声で罵りの言葉を吐いたあとひざまずいて娘の身体を抱き起こし背負うとよろよろ立ちあがった。死体を背負って山のなかを急いで走るところはおぞましい姿の女夢魔《スクブス》に襲いかかられた男のようで死んだ娘は巨大な蛙のように脚をくの字に曲げていた。

バラードは山の鞍部からその人間たちを見ていた。ライフルを抱えてしゃがんだ小さなその姿は物思いに沈んでいるように見えた。三日続けて雨が降っていた。眼下の川は土手から溢れて周囲の土地を浸し冬の雑草や牧草が点々と飛び出ている広い水溜りをつくっている。バラードの髪は幅狭の頭から濡れた紐のように垂れその髪と鼻先から灰色の水が滴り落ちていた。

夜には山の斜面にランプや松明の火がまたたいた。晩冬の森で野宿を愉しむか猟をするかしている者たちが闇のなかで互いに呼び交わしていた。闇のなかでバラードはその者たちの足の下にある山の地中の石のトンネルを通って粗末な家財道具を運んだ。

明け方バラードは山のかなり離れた場所の岩間の穴からウッドチャックのように顔を出して周囲の様子をうかがってから雨天の灰色の光のもとに出てきた。片手にライフルもう片方の手に家財道具をくるんだ毛布を持ってまばらな林のなかを歩きその向こうの空地に向かった。

柵を越えて半ば水に浸った草原に出ると小川のほうへ向かった。渡るのに適した浅瀬の川幅は普段の二倍以上になっていた。水の様子を見てから下流のほうへ移動した。しばらくして戻ってきた。川水は完全に不透明で葦のあいだを煉瓦色にどろどろと流れていた。眺めているうちに雌豚が一匹浅瀬へ流れてきてゆっくりと身体を回転させ膨れあがった乳首を見せてそのまま流れていった。バラードは毛布を菅の繁みに捨てて洞窟に戻った。

また小川へ来てみるとさらに増水しているように見えた。バラードは男女の衣服や三つの泥に汚れた大きな縫いぐるみなど雑多なものを入れた木箱を運んでいた。それに加えてライフルと物を包んだ毛布を持って川に入った。

川水は激しく羽ばたく蝙蝠の羽のように脚を登ってきた。バラードはよろめきバランスを取り直し荷物をつかみ直して先に進んだ。一番深いところへ来る前から膝まで水が来ていた。腰まで浸かったときには罵り声をあげた。水が引くことを激しく祈った。見ている者は誰でもたとえ水に呑まれてもバラードには引き返すつもりがないことがわかっただろう。水はバラードを呑みこんだ。速い流れが胸まで来るなか爪先立ちで慎重に川上へ身体を傾けて苦闘を続けていると丸太が一本湯気をあげながら浅瀬に流れてきた。それを見てバラードは毒づいた。丸太は回転して横向きになり何か生きた悪意のようなものを持って迫ってきた。くそ、と奔流の轟きのなかで嗄れた叫びを丸太に投げつけた。丸太はひょいひょい上下に揺れながら周囲に薄茶色い泡を立て木の実や小枝や縦に浮かんでメトロノームのように首を振る細長い瓶などをいっしょに流してきた。

くそ、畜生。バラードはライフルの台尻で丸太を突きのけようとした。だが丸太は突進してくるのでライフルを持ったほうの腕を丸太の上にはねあげた。木箱は引っくり返って流れ去った。丸太とともに浅瀬の下流にある早瀬に向かっていくバラードは水の騒音に呑みこまれてずぶ濡れの狂乱した英雄を描いた愛国主義的なポスターのパロディのように片手でライフルを高く差しあげた恰好でざぶりと水に頭が浸かりまた顔を出したときに大きく口を開けて罵声を発したがやがて丸太はさらに深いところへ滑りこんでいきながら回転してバラードは完全に水中に没した。

必死に手足を動かし口から水を噴き出しながら冠水した川岸の目印である柳の木の列のほうへ向かっていく。バラードは泳げないがどう見ても溺れそうにない。激しい怒りで浮かんでいるように見える。自然の法則がなぜか停止したように思われた。彼を見るがいい。

あなたのような同胞たちに支えられていると言ってもいいほどだ。岸辺に人々が集まって彼に呼びかけている。身体障害者と精神障害者を養う種族、歴史のなかの罪ある者の血を望み手に入れる種族。だが彼らはこの男の命が欲しいのだ。バラードは夜にランタンの光と人々が投げる憎悪の叫びを何度も聴いた。それなら彼はどのようにして浮かんでいるのか。というよりどうして水は彼を呑みこまないのか。

柳の木立にたどり着いたバラードが立ちあがると水面から三十センチほどしか身体が出ないのに気づいた。身体の向きを変えて氾濫した川と今も容赦なく灰色の雨を降らしつづける灰色の空に向けて交互にライフルを振り立てたがそのとき雷鳴のように轟く水音に負けじと放った罵りの言葉は大混乱の裂け目からの谺のように山まで運ばれてまた戻ってきた。

バラードは飛沫をはね散らしながら川の浅いところへ行ってライフルから弾薬を抜きシャツの胸ポケットに入れてから銃を分解して人さし指で水を切ったり銃身に息を吹きこんだりしながらずっとぶつぶつ呟いていた。弾薬をポケットから出しできるだけ乾かして銃に込め直しレバーを押して一発を薬室に送りこむ。それから下流のほうへ速足に歩いた。

見つかったのは木箱だけでそれも空だった。一度ずっと下流のほうで縫いぐるみの熊二匹が奔流に浮き沈みしているのが見えた気がしたがじきに木立の向こうに消えたし既にハイウェイに不都合なほど近づいていたので引き返した。

結局もっと上流の山のなかで川を渡った。崖の急な黒い峡谷で激流が歌った。水を吸い泥に汚れたマットレスを担いで背中を丸めたバラードはライフルを前に突き出して苔の生えた丸木橋を慎重に渡った。峡谷を素早く流れる川水のなんと白かったことか。その流れの形はなんと不動のものだったことか。岩はなんと黒かったことか。

山の洞窟に着くころにはマットレスが雨水を吸ってあまりにも重くおかげで足がふらついていた。岩壁の穴に這いこみあとからマットレスを引きずりこんだ。

その夜一晩中所有物を運びこむあいだずっと雨が降っていた。悪臭を放つ黴びた死体の最後の一つを洞窟内の奥の壁の穴から水の滴る暗い通路へ引きこんだときには雨を降らせている東の空に陽の光が薄灰色の帯をつくりはじめていた。森の黒い落葉の上にバラードが踵を引きずってつけた跡は小さな荷車が通った跡のように見えた。その夜は冷えバラードが通った草原には小さな氷片の網目が張られ入った森では小枝の一本一本がガラスに封じこめられた小さな黒い骨のようになり風に吹かれるとしゃらしゃら鳴って砕けた。ズボンの裾の折り返しが凍って踝のところで音を立て靴のなかで爪先が冷たくなり血の気を失った。バラードは疲れて泣きそうになりながら陽の光を見ようと洞窟から出てきた。物語に出てくるような死滅した荒野に動くものは何もなく森の木は霜の花輪で飾られ草は洞窟の床の石の透かし編みに似た白い水晶のような氷の奇想模様から突き出ていた。バラードは毒づきつづけた。語りかけてくる声は悪魔の声ではなく既に脱ぎ捨てたはずの古い自我の声でありその声は時々正気の名のもとに訪れて破滅を招く憤怒の縁から優しく引き戻そうとする手となった。

バラードは洞窟の水の流れのそばで火を熾した。煙が上のほうに溜まりそれが無数の亀裂や穴からゆっくりと漏れ出て雨の降る森のなかで地獄から来た靄のように立ちのぼった。ライフルの作動を確かめてみたら凍りついていた。銃身に跨って両膝で挟みつけレバーを両手で動かそうとする。それでも動かないとみると銃を焚火の上に放り出した。だが先台が焦げる以上の損傷が生じる前にまた拾いあげて石壁に立てかけた。野生のチコリーの根を潰して黒焦げのコーヒーポットに入れそこへ水を満たした。ポットは炎に包まれて煮立つ音と甲高い蒸気の音を立てて歌った。バラードの黒い影は石壁の窪みのある表面で動き変異した。食べかけのコーンブレッドを入れた鍋を火のそばに置いたがコーンブレッドは夏の雨裂の干あがった底のように乾いた外皮が罅割れて縁がめくれていた。

洞窟内の真っ暗な昼間に半ば凍えて眼醒めたバラードは火を熾し直した。焼けるような痛みが足を貫いた。また横になった。マットレスの水が背中まで染みとおりバラードは腕組みをした姿勢で震えたがしばらくするとまた眠りに落ちた。

眼醒めたのは激痛のせいだった。上体を起こして足をつかんだ。大声で吠えた。そろそろと歩いて石床を横切り溝のそばに腰をおろして両足を水に浸けた。流れが熱く感じられた。坐って足を浸けたまま訳のわからないことを口走ったがそれは泣き言という感じではなく人間に馴れている類人猿の一団の呟きのような響きで洞窟内の石壁に谺した。

セヴィア郡の保安官は裁判所の玄関前の階段を降り前庭の芝生を浸す水の上に出ている最後の一段で足をとめて水面を見渡したがそのゴミがびっしり浮いた平らな灰色の水面は穏やかな運河となって町の通りや路地の上にひろがりパーキングメーターは上部が見えているだけで左手のほうの水面に小波が鈍くゆるやかに立って微かに動いているのはリトル・ピジョン川の本来の流れが町に溜まった水を引きこんでいる場所だった。保安官補が手漕ぎボートで前庭を渡ってくるのを見て保安官はゆっくりと首を振った。保安官補はオールを操ってボートの向きを変え艇尾を石の階段にぶつけた。

コットン、お前ボートを漕ぐの下手だな。

ええ、まったくです。

今までどこにいたんだ。

保安官補はオールをオール受けに置いた。ボートがぐいと沈みこむ。

ナポレオンみたいに立ったまま乗っていくつもりですか。来るのが遅れたのはビル・スクラグズに切符を切ってたからですよ。

切符を？

ええ。ブルース通りをモーターボートでかっ飛ばしてたもんで。

ふんくだらん。

保安官補はにやりと笑ってオールを水に浸けた。しかしこんなのは初めてですね。

小糠雨が降っていた。保安官は滴が垂れる帽子のつばの下から冠水した町を眺めた。お前長い顎鬚を生やした年寄りがどでかい船をつくってるのをどこかで見なかったか。

メインストリートの水に浸かった店や小さなカフェのあいだを進んでいく。ある店から二人の男が手漕ぎボートに汚れた箱や衣類を積んで出てきた。一人がボートに乗りもう一人が後ろからざぶざぶ歩いてついていった。

やあ、保安官、と歩いている男が片手をあげて声をかけてきた。

やあ、エド。

ボートに乗っている男は会釈した。

パーカーに会ったかい、と歩いている男が訊く。

今から会いにいくとこだ。

こういう困ったときには盗みなんぞせんで助け合ったらよさそうなもんだが。

理屈の通じん連中ってのはいるもんだよ。

まったくなあ。

二人はボートを進めた。気をつけてな、と保安官が言った。

ああ、と歩いている男が答えた。

金物屋の店先で保安官補はオールを漕ぐ手をとめた。店内ではランプの灯りを頼りに何人かの男が膝で水を重たげに掻き分けながら作業をしていた。ショーウィンドーにあがった男が割れたガラスの向こうから保安官に眼をとめた。

やあ、フェイト、と男が言った。

やあ、ユースティス。

盗られたもので一番でかいのは銃だよ。

たいてい盗られるのはそれだな。

何挺やられたかわからん。わかるまで一年くらいかかるんじゃないかな。

製造番号はわかるか。

水が引かんことにはなあ。この水は引くんだかどうなんだか。在庫目録は地下室にあるんだ。

そうか。

明日には引くと言ってるようだがね。こうなった日にゃもうどうでもいいようなもんだ。

そう思わんかね。

ここまでひどいのは生まれてこのかた初めてだよ、と保安官は言った。

一八八五年の洪水のときは町全部が水に浸かったそうですね。

そうなのか。

そう聴きましたよ、と保安官補。

大火事は五、六回あったがね、と店主が言った。神様がここには人が住まんようにと決めた場所ってのがあるんじゃないのかね。

そうかもしれん、と保安官は言った。しかしそう決めても頑固な連中がいてよそへは行かんのだがな。

まったくそういうことだ。

何か手伝うことはあるかね。

いやあいいよ。大丈夫そうな商品を捜してるんだがね。どれだけあることやら。とにかくひどいもんだ。

そうか。まあ製造番号がわかったら知らせてくれ。たぶんノックスヴィルで売りに出るだろう。

銃より盗んだ奴らを見つけて貰いたいな。

気持ちはわかるよ。できるだけのことはやってみよう。

ああ頼む。

じゃあそろそろボートのエンジンをかけて郵便物を取ってくるとしよう。

保安官補がにやりと笑って瓶や板切れや果物が浮いている灰色の水にオールを浸けた。

じゃあまたな、フェイト、と店主が言った。

じゃあな、ユースティス。あんたがこんな目に遭っちまって気の毒でならんよ。

ああ。

二人は通りを進みボートを郵便局の玄関前の階段に寄せて建物に入った。

お早うございます、ターナー保安官、と窓口の鉄格子の向こうから気の良さそうな女性局員が声をかけてきた。
お早う、ウォーカーさん。調子はどうかね。
もうびしょびしょですよ。保安官は。
どうも凄いことになったな。
ウォーカーが鉄格子の下から郵便物の束を差し出した。
これだけかね。
ええこれだけ。
保安官は封書を繰って検めた。
車を残して行方不明になった子たちは一人でも見つかりました？
一人見つかりゃ全員見つかるんだろうがね。
その一人をいつ見つけるんです。
まあ見つけるさ。
そんなひどいことが起きるなんてねえ。
保安官は笑みを浮かべた。昔はもっとひどかったよ。
ブルース通りを漕ぎ進めていると上の窓から声がかかった。保安官は背中を反らし小雨に細めた眼で声の主を捜した。

裁判所へ行くのかね、フェイト。

そうです。

乗せてってくれんか。

いいですよ。

じゃあ上着を着てすぐ降りていくから。

老人が一人煉瓦造りの商店の玄関先に現われた。ドアを閉め帽子のかぶり具合を直し玄関前の階段をそろそろと降りてきた。保安官補がボートを後退させて艇尾を階段に着けると老人は保安官の肩を思いきり強くつかみボートに乗りこんできて腰をおろした。

今日うちの婆さんが言ったよ。これは最後の審判だね。罪が支払う代償は死だよとね（新約聖書『ローマ人への手紙』六章二十三節）。わしは婆さんにこんなことになるってのはセヴィア郡の人間は一人残らず芯まで腐ってるってことなのかと訊いた。あれはそう思ってるかもしれん。よくわからんがね。どうだ元気か、若いの。

お蔭さんで、と保安官補は答えた。

お前、白帽団のことならこの人に訊いてみるといいよ。

そんな話を聴きたがる者はおらんよ、と老人は言った。

ここにいるコットンはああいう団体も悪くないんじゃないかと言うんです。みんなに規律を守らせるのに。

老人はボートを漕いでいる保安官補をじっと見据えた。それは違うよ、若いの。あの連中は強盗や人殺しをする卑怯な屑どもだった。女を鞭で打ったり年寄りの貯金を盗んだりそんなことしかせんかった。年金貰ってる年寄りと未亡人をいじめたり。夜中にベッドで寝てる人間を殺したりしてたな。

鈴鴨《ブルー・ビルズ》団はどうです。

そりゃ白帽団に対抗してできたんだがそいつらも卑怯者の集まりだった。白帽団がたとえばピジョン・フォージで暴れてると聴いたら橋の板をはずしといて繁みに隠れて白帽団が川に落ちる音を聴くとかな。連中は二年間この郡のあちこちで追っかけっこをしたがぶつかり合ったのは一回だけでそれも狭い場所で偶然鉢合わせたからどっちも逃げられなかっただけのことだ。ああ、あの連中は一人残らず三百六十度情けない屑野郎どもだったよ。今のはわしの親父が言ったんだが要するにどこから見ても屑野郎って意味だった。

最後はどうなったんです。

最後はちょっと肝の据わった男が連中と対決した。それがトム・デイヴィスだ。

頼もしい男だったそうですね、ミスター・ウェイド。

ああそうさ。白帽団を退治したときはミラード・メイプルズ保安官の保安官補だった。ナッシュヴィルへ三、四回出張したが全部自腹を切って行った。議会に働きかけて巡回裁判所をノックスヴィルの刑事裁判所の支部にする法律をつくって貰ってセヴィアヴィルに新しい裁判官を迎えてからトム・デイヴィスは白帽団を潰しはじめたんだ。白帽団はあの手この手で彼を殺そうとした。ノックスヴィルから戻ってきた夜にでかい黒んぼを差し向けたこともあった。当時は蒸気船で行き来できたがその黒んぼは川の真ん中で別の船から乗り移ってきて銃を抜いたんだ。トム・デイヴィスは銃を取りあげてそいつを豚箱にぶちこんだ。白帽団はぞろぞろ郡から逃げ出したもんだ。トム・デイヴィスは奴らがどこへ行こうと容赦せんかった。ケンタッキーから連れ戻す、ノースカロライナから連れ戻す、テキサスから連れ戻す。何週間も一人で出かけて馬の群れを捕まえてくるみたいにロープで何人も繋いで連れ戻してきた。あんな凄い男はほかにいなかったよ。学のある男だった。もとは学校の先生でな。南北戦争以来セヴィア郡で民主党員が保安官に選ばれたことはなかったがトム・デイヴィスが立候補したら当選したんだ。

一八八五年の洪水は憶えとられんですか、と保安官補が訊いた。

それはわしが生まれた年だから記憶はぼんやりとしかないな。

例の二人組が吊るされたのは何年でしたかな、ミスター・ウェイド。

九九年だ。ウェイリー一家を殺したのもプリーズ・ウィンとキャットレット・ティプトンだった。夜寝てるのを叩き起こして小さな娘の眼の前で頭を吹き飛ばしたんだ。二年ほど拘置所にいて上訴やら何やらやった。ボブ・ウェイドって男も連座したがありがたいことにわしの親類でもなんでもないよ。そいつは刑務所行きになったはずだ。ティプトンとウィンはあの裁判所の前庭で吊るされた。確か年が明けたばかりだった。クリスマスの柊や蠟燭の飾りがまだ残ってたのを憶えてるよ。でかい絞首台を組み立てて一つの落とし戸に二人落とした。前の晩から町に大勢集まってきてなあ。馬車で寝る連中も多かった。芝生の上に毛布を敷いて寝る連中もいた。そこらじゅうに寝てたよ。町で飯を食うのも大変でな。どこでも三重の列ができてた。女連中は通りでサンドイッチを売った。そのころトム・デイヴィスは保安官だった。拘置所から二人を連れてきたが牧師さんも二人ついてきたし二人の女房もめいめいの亭主と腕を組んで歩いてきた。これから教会へ行くみたいでな。六人が絞首台にあがって讃美歌を歌って見物衆もいっしょに歌った。男はみんな帽子を脱いで手に持ってな。わしは十三だったが昨日のことみたいに憶えとるよ。町中の人間とセヴィア郡の半分の人間が『めぐみふかき』を歌ったんだ。それから牧師さんの一人がお祈りをあげて女房たちが亭主にお別れのキスをして下に降りると絞首台のほうを向いて見守ってそれから牧師さんたちが降りてくるとみんなしいんとなった。足の下の落とし戸ががたんと開いて二人がぶらさがって身体をねじったり足を蹴ったりをさあ十分だか十五分だかやってたかな。絞首刑というのはあっさり済む慈悲深いもんだと思っちゃいかん。そんなもんじゃないよ。しかしまあそれがセヴィア郡の白帽団の終わりだった。今でもみんなその話はしたがらんなあ。

昔のほうが悪い奴が多かったと思いますか、と保安官補が訊いた。

老人は水に浸かった町を眺めやった。いやそうは思わんね。人間てのは神様がつくった日からずっと同じだと思うよ。

裁判所の玄関前の階段を登りながら老人は昔ハウス山に年寄りの隠者が住んでいて髪の毛を膝までのばし木の葉を服にしてむさくるしい小鬼のようだったが町の連中はよく岩場の洞穴の入口へ行って石を投げこんでは出てこい出てこいと囃したものだったという話をした。

春になってバラードは二羽の鷹がくっつき合い翼を上に向けて陽の高みから声もなく落下し樹林のすぐ上で離れて身を翻しふたたび細い啼き声をあげるのを見た。バラードはその二羽を眼で追いどちらかが傷ついたかどうかを確かめようとした。鷹が空中で交尾することは知らなかったがすべての生き物が戦うことは知っていた。峠に通じる嘗て馬車が通った古い道を離れて密かに見つけておいた小道に入り山腹を水平に進んで自分が以前住んでいた地域をあらためて眺めてみた。

しゃがんで岩壁に背中をつけその暖かみを吸いとっていると高地の羊歯のまばらな丈高い繁みをそよがせる風はまだ冷たい。眼下の平地に何も積んでいない荷車がやってくるのが見えその荷車ががたがた鳴るのが遠い音で聴こえ騾馬は川の浅瀬で足をとめたがまるで音が物質をつくり出しているとでも言うように荷車の音はそのまま全部がバラードの耳に届くまで聴こえつづけた。見ていると騾馬は水を飲みしばらくして御者台の男が片腕をあげるとまた歩きだしたが今度は音が聴こえず川を渡りきって道に出たところでまたがたがたというこもった木の遠音が聴こえはじめた。

バラードは平地の小さく見えるすべてのものの営みを眺めた。耕されて灰色から黒に変わり畝をつけられていく畑や徐々に緑を増やしてゆっくりと閉じていく森を。バラードはしゃがんだ姿勢で頭を両脚のあいだに垂れて泣きはじめた。

洞窟の闇のなかで眼醒めたまま横になっていると子供のころ暗い部屋でベッドに寝ているとき家に帰ってくる父親が孤独な笛吹きとなって路上で吹く口笛を聴いたときのように口笛が聴こえたような気がしたが、今実際に聴こえている音は洞窟のなかを流れて事によると地球の中心の未知の海へ注ぎこんでいるのかもしれない水の音だけだった。

その夜は山の低い尾根の森を行く夢を見た。下方の陽の当たっている草地には鹿がいた。まだ濡れている草は鹿の肘まで高さがあった。両脚で胴体を強く挟みつけて乗った騾馬の背骨のうねりが尻の下に感じられた。顔をこする葉の一枚一枚が哀しみと怖れを深めた。どの一枚も二度と出会うことのない葉だった。ベールのように顔に触れていく葉は既にいくらか黄色く葉脈は陽光が透き通す細い骨のようだった。このまま騾馬に乗ってどこまでも行くと心に決めていたのはもう引き返せないからであり嘗て存在したどんな日よりも美しいこの日の世界をバラードは死に向かって進んでいくのだった。

よく晴れた五月の朝ジョン・グリアーは家の裏に汚水槽をつくるため穴を掘りはじめた。掘っているあいだに髪の逆立った鬘をかぶりスカートを穿いたレスター・バラードがポンプ小屋の後ろから出てライフルを構えハンターがよくやるように音を立てずに撃鉄を起こして引金後端の突起をそっとノッチにはめた。

バラードが発砲したときグリアーは丁度シャベルで土を掬って肩越しに後ろへ捨てようとしたところだった。ライフルの発射音が山に谺して消えてからしばらくたったあとでグリアーは自分の頭上で運命の分岐する音が鳴ったのに気づき鉛の小片を弾いて白熱する長円形に変えたシャベルを掲げたまま凍りつき何か得体の知れないものが自らの不手際に毒づきライフルのレバーを操作するのを見た。丸ごと無から創造された幽霊のようなものが凶悪な意図を持って襲いかかってきたのだ。グリアーはシャベルを投げ捨てて逃げ出した。

バラードはその身体に銃弾を一つ撃ちこみ足取りを乱れさせた。さらにグリアーが家の角を曲がる前にもう一発撃ったが命中したかどうかはわからなかった。バラードも走りだし絶えず罵りの言葉を吐きながらふたたびライフルのレバーを操作して家の角を曲がりそのとき片足を滑らせて泥を激しく掻きながらも今はライフルを片手で持ち親指を撃鉄にかけて玄関前の階段を狂乱して跳びはねるように登りドアに突進した。

バラードは伸びきった発条にぐんと引き戻されるように、あるいは編集者が工夫をしたフィルムの繋ぎ方で見せるドタバタ喜劇映画の一シーンのように、玄関から家に飛びこむのとほぼ同時に後ろ向きの大きな衝撃を受けて弾き出され片方の腕は奇妙に柔軟性のある動きではねあがりピンクの微かな血飛沫を散らして服の袖もちぎられライフルは轟音に掻き消されて音もなくポーチの床を転がってバラードも床に一旦尻餅をつきそれから前庭に転げ落ちた。

グリアーは自分も胸の上部を撃ち抜かれているにも拘わらずショットガンを手に玄関から出てきて自分が撃ったものがなんなのか調べるために階段を降りた。階段のすぐ下で鬘のように見えるものを拾いあげたがその正体は人間の髪の毛つきの頭皮を乾かしてつくった鬘だった。

バラードは真っ暗な部屋で眼醒めた。

まぶしい昼間の部屋で眼醒めた。

明け方か夕暮れ時かわからない部屋で眼醒めたときは埃が眼に見えない光の棒のなかを通ってごく短く不規則に光り輝き微小な螢の群れのように漂った。しばらく見ていたバラードは片手をあげた。闇のなかに手は浮かびあがらなかった。反対側の手をあげると黄色い陽の光の細い縞が一本腕先に落ちた。部屋のなかを見まわした。スチールのポットがいくつかとスチールのテーブルが一つあった。それから水差しとグラスも一つずつ。薄地の白いガウンを着て細長い白い部屋にいるバラードはカトリック教会の偽の侍者か身ぎれいな重罪犯の囚人、あるいは気味悪いことをする者、あるいは臨時雇いの悪鬼といった風だった。

眼が醒めて何分かしてから行方不明の片腕を手で探ろうとした。

腕はベッドのなかのどこにもなかった。

喉の周りからシーツを引きおろすと肩に大きな布が当てられ包帯を巻かれていたが驚いた様子はなかった。周囲を見まわした。部屋はベッドより少し広い程度だった。背後に小さな窓があったが首を回さなければ外を見られず痛みのせいで首は回せなかった。

誰も話しかけてこなかった。看護師が金属製のトレイを持って入ってきて上体を起こすのを手伝ったがこのときバラードはなおも無くなった腕でバランスを取ろうとした。カップ一杯のスープ、カップ一杯のカスタード、四分の一パイントの紙パック入り牛乳。カスタードをスプーンでつついただけでまた横になる。

そして眼醒めたまま夢を見た。黄ばんだ天井や壁の罅割れが脳に作用しているようだった。眼を閉じても罅割れは見えた。衰弱した空白の意識に細い亀裂が走っていた。郡病院の半袖ガウンから突き出ている布に包まれた肩を見た。包帯を巻かれた巨大な親指のように見えた。自分の腕はどうされたのかと疑問に思い訊いてみることにした。

夕食を運んできた看護師にバラードは尋ねた。俺の腕をどうしたんだ。

看護師はベッドの手摺に取りつけられた板を持ちあげて反対側の手摺に渡しトレイを置

いた。銃で撃たれてちぎれたのよ。
それは知ってる。その腕をどうしたのか知りてえんだ。
さあ知らない。
どうでもいいみたいだな。
ええ。
自分で見つけるよ。俺には見つけられる。ずっと部屋の入口にいるのは誰だ。
郡の保安官補。
郡の保安官補。
そう。あんた自分が撃った人のことは訊かないの。
奴がどうした。
死んだのか生きてるのか知りたくないの。
ははあ。
バラードはスプーンを包んだリネンのナプキンを開いた。
ははあって。
死んだのかい生きてんのかい。

生きてるわ。

看護師はバラードをじっと見つめた。バラードはスプーンでアップルソースを掬いそれを見てからまたもとに戻した。紙パックを開いて牛乳を飲んだ。

あんたにはどうでもいいことなんでしょ、と看護師は言った。

どうでもいいことはねえ、とバラードは答えた。くたばってて貰いたかったよ。

食事をしたあと壁を見つめた。便器を使った。時々別の部屋からラジオの音が聴こえてきた。ある夜ハンターのような服装の男たちがやってきた。

しばらくドアの外で話をしていた。それからドアを開けて入ってくると部屋は男たちで一杯になった。男たちはバラードのベッドの脇に立った。バラードは眼を醒ました。もぞもぞ身体を起こして男たちを見た。知っている顔もあれば知らない顔もあった。心臓が縮みあがった。

レスター、と体格のいい男が言った。死体はどこだ。

死体なんか知らねえ。

とぼけるな。お前何人殺した。

誰も殺してねえ。

殺したろうが。レインとこの娘を殺して小さい子供といっしょに家ごと焼いたしフロッグ山に駐めた車に乗ってた子たちも殺したはずだ。

やってねえ。

男たちは黙ってバラードを見た。また体格のいい男が言った。起きろ、レスター。

バラードはベッドカバーで身体を覆った。まだ起きていいと言われてねえよ。

男が手をのばしてカバーを剝いだ。バラードのひょろ長い血の気のない脚がシーツの上で黄色っぽく見えた。

起きろ。

バラードはナイトガウンの裾で陰部を隠した。ベッドの脇へ足をおろしてしばらくそのまま坐っていた。それから立ちあがった。それからまた腰をおろして小卓の縁をつかんだ。

どこへ行くんだ、と訊いた。

後ろのほうにいる男が何か言ったがバラードには聴きとれなかった。

着るものはそれしかないのか。

知らねえよ。

一人がクロゼットを開けてなかを覗いたがモップとバケツがあるだけだった。男たちはただ突っ立ってバラードを見ていた。バラードはたいした男には見えなかった。

行くんならさっさと行こうぜ。アールが保安官を呼びにいったかもしれん。

よし行くぞ、バラード。

男たちはバラードを立たせてドアのほうへ押しやり間隔の詰んだ隊列を組んだ。バラードは一度だけベッドを見返った。一同は病院の広い廊下を歩いていった。病室の開いたドアを通り過ぎるたびにベッドに寝ている患者たちに出ていくところを見られながらバラードは冷たいリノリウムを踏んで軽く震える脚で歩いた。

涼しい晴れた夜だった。バラードの眼は上を向き病院の駐車場に立つ外灯の向こうにひろがる冷たい星の群れに向けられた。男たちは最近の雨で濡れている黒いアスファルトの敷地を横切りピックアップトラックのドアを開けてバラードに乗れという手振りをした。バラードは座席に這いあがりむき出しの両脚をくっつけて坐った。左右に男が一人ずつ乗りこみエンジンがかけられライトがともり駐車場のほかの車のライトもついた。バラードは運転席の男がシフトレバーを操作するたびに子供のように膝を退《の》けなければならなかった。車は駐車場を出て通りを走りだした。

どこへ行く、とバラードは訊いた。

今にわかる、と運転席の男は言った。

ピックアップトラックと乗用車のキャラバンはハイウェイに出て山のほうへ向かった。途中一軒の家に立ち寄った。後ろの荷台に乗っていた男が降りて家の玄関へ行った。女が男をなかに入れた。屋内の裸電球が一つともる下に女と何人かの子供が見えた。しばらくすると男がまた出てきてトラックに近づいてきてウィンドー越しに包みを一つ寄越した。

こいつを着るように言ってくれ、と男は言った。

運転席の男が包みをバラードに渡した。それを着ろ、と言った。オーバーオールとアーミーシャツだった。

バラードは服を膝に置いてじっと坐り車はまた発進して道路を走りだした。未舗装の道に入って低い丘陵地帯のカーブで黒松の枝がヘッドライトのなかを横切るつづら折りの道を進み草が生えている別の道に折れ製材所の跡が星明かりの下に見える高地の草地にたどり着いた。窓ガラスが投石で割られた灯りのともっていない小屋。積まれた灰色の材木、今は狐が棲んでいる大鋸屑の山。

トラックの運転者がドアを開けて降りた。ほかの車も横に並んで男たちが降りてきた。人が話しドアが閉まる控えめな音。バラード一人が病院のナイトガウン姿のまま脛をむき出しにして車の座席に坐っていた。
オーティスに見張らせろ。
奴も連れていったらどうだ。
いやあそこに坐らせとく。
あいつなんで服着ないのかな。
トラックのドアが開いた。お前寒くないのか、と男が訊いた。
バラードは無言で男を見た。腕に痛みがあった。
服を着るように言え。
その服を着ろってさ、と男は言った。
バラードは服に腕や脚を通す穴を捜しはじめた。
じゃ見張ってろよ、オーティス。
手を縛ったほうがいいんじゃねえの。
騾馬みたいに両手を縛って片っぽの脚と繋いどくといいかもな。
ジェリーお前その酒は置いていけ。これは遊びじゃないんだ。
バラードはシャツを着てボタンを留めようとした。片手でボタンを留めたことがなくうまくいかなかった。オーバーオールを引っ張りあげてストラップの留め金を留めた。生地が柔らかく石鹼の匂いがしてバラードがもう一人入るほどぶかぶかだった。長すぎるシャツの袖の肩口をオーバーオールのストラップにたくしこみ周囲を見る。ショットガンを持って荷台にしゃがんでいる男がリアウィンドー越しにバラードを見張っていた。小高い場所の製材所で炎が風に煽られそれを男たちが取り巻いていた。バラードは眼の前にあるグラブボックスのボタンを押して蓋を開けた。書類のあいだを探ったが何もなかった。また蓋を閉める。しばらくしてハンドルを回してウィンドーを開けた。

煙草持ってないか、と訊いた。

男が身を乗り出して開いた窓から箱を差し出してきた。バラードは一本取って口にくわえた。マッチあるか。

男がマッチを一本寄越した。次から次とうるさい奴だな。

俺がここへ連れてきてくれと頼んだわけじゃねえ、とバラードは言った。

ダッシュボードでマッチを擦って火をつけ暗がりのなかで煙草を吸いながら小高い場所での焚火を見た。しばらくして男が一人降りてきてドアを開け降りろと言った。バラードは苦労しながら降りてオーバーオール姿で地面に立った。

連れてきてくれ、オーティス。

バラードは銃を突きつけられて勾配を登った。立ちどまってオーバーオールの裾を折り返した。焚火のところで歩みをとめて裸足の足を見た。

バラード。

バラードは返事をしなかった。

バラード、お前には楽な道を選ばせてやるよ。

バラードは待った。

ちゃんとした葬式を出せるように死んだ人たちがいるところへ案内しろ、そしたらお前を病院へ戻してあとは裁判所に任せる。

あんたらはなんだってできるよな。

死体はどこだ、バラード。

死体なんて知らねえ。

それがお前の最後の言葉か。

バラードはそうだと言った。

ケーブルを持ってきたか、フレッド。

勿論だ。

一人の男が輪から離れてグリスのついたスチールのケーブルを一巻き持ってきた。

片方の腕を縛らないとな。誰かロープをトラックに積んでないか。

積んでるよ。

こいつに訊いてみろよ、アーネスト。

そうしろ、アーネスト。

アーネストと呼ばれた男がバラードのほうを向いた。女の死体になんの用があったんだ。

ファックしたのか。

バラードは火明かりのなかで顔を奇妙な具合に小さくひくつかせたが何も言わなかった。

自分を苛もうとする男たちを見まわした。ケーブルを持った男が巻いてあるのをのばして地面に垂らした。先端には環が取りつけてあり反対側の端を通すと兎の罠を大きくしたものができた。

ファックしたんだこいつは、と男は言った。連れていけ。

一人の男がバラードの片腕にロープを巻いた。ケーブルは罠の部分をゆるく首にかけられて肩の上に載っている。冷たくてグリスの臭いがした。

それからバラードは製材所の跡に向かって歩きだした。男たちに助けられて滑りやすい斜面で注意深く歩を進めると焚火の炎が前方の斜面に数珠つなぎになった人影のぎざぎざな形の影絵芝居を映した。バラードは一度足を滑らせたがすぐ男たちに抱きとめられ支えられた。やがて一同は大鋸屑溜めに渡した二十センチ角の角材の上に立った。一人が頭上の梁の上にあがりケーブルの長くのびているほうの端を受けとる。

こいつ薬で頭が変になってないだろうな、アーネスト。てめえが何されてるかわかってないなんてのは厭だからな。

しっかりしてるように見えるぜ。

バラードはアーネストと呼ばれた男のほうへ顔を向けた。そして、教えるよ、と言った。

何を教えるんだ。

どこにあるか。死体だよ。教えたらこれをやめてくれると言ったろ。

おう教えたほうがいいぞ。

洞穴《ほらあな》だ。

洞穴。

洞穴に置いてある。

案内できるか。

ああ。場所はちゃんと憶えてるよ。

バラードはランタンや懐中電灯を持った十人ほどの男に付き添われて嘗て住んでいた岩のなかの空洞に入った。残りの男たちは洞窟の入口の外で焚火をしその周りに坐って待った。

男たちはバラードに懐中電灯を渡して後ろからついていった。水の滴が垂れる狭い通路をたどりいくつかの広くなった部屋を通り抜けていくその何も見えない暗闇の至るところに脆い尖塔が立ち石の床を水が細く流れていた。

一行は四つん這いになって断層に沿った裂け目を進み狭い谷を登りバラードは時々とまってオーバーオールのズボンの折り返しを直した。男たちは洞窟内の奇観に少し驚いていた。

こんな凄いの見たことあるか。

ガキのころこの辺の洞穴に入ったことはあるけどな。

俺もだがこんなのがあるとは知らなかったよ。

不意にバラードがとまった。片手を岩棚にかけ懐中電灯を口にくわえてそこへあがり顔を岩壁にくっつけるようにして岩棚を伝い歩いてから類人猿のように裸足の爪先を岩壁にかけてさらに上へあがると岩の狭い切れ目に這いこんだ。

男たちはその姿が消えるのを見た。

くそ、あれは相当小さい穴だぞ。

死体が見つかってもあそこから出せるのかな。

とにかく誰か先にあがれや。

おいエド、懐中電灯持っててくれ。

一番手が岩棚にあがって切れ目までよじ登った。身体を横にする。背中を屈める。

懐中電灯をくれ。

どうした。

くそったれめ。

なんだ。

バラード！

バラードの名前は谺となったが繰り返されるその声は徐々に小さくなって本人が姿を消

した切れ目のなかへ消えた。

どうしたんだ、トミー。

あのちびのくそ野郎。

奴はどこにいるんだ。

行っちまった。

じゃ追っかけようぜ。

俺はこの穴へ入れない。

なんだとお。

一番小さいのは誰だ。

エドじゃないかな。

登ってこい、エド。

仲間たちに押しあげられて二番手の男も岩の切れ目に身体を押しこもうとしたが無理だった。

奴の灯りは見えないのか。

見えない。なんにも見えない。

誰かジミーを呼んでこい。奴なら入れるだろう。
男たちはランタンと懐中電灯の白っぽい光を交錯させて互いの顔を見合った。
えい畜生。
お前も俺と同じこと考えてんのか。
ああきっとそうだろうよ。誰か来た道を憶えてる奴はいないか。
ああくそ。
みんな離れないようにしようぜ。
奴が今潜りこんだ穴、別のとこに出口があると思うか。
わからん。誰かここに残って見張ってるほうがいいかな。
その見張りが見つからなくなるかもしれんぞ。
そりゃ大いにありうるな。
ここで灯りを置いといて誰かが見張ってるみたいに見せかけるのはどうだ。
どうかな。
バラード！
あのちびのくそ野郎。

くそったれが。おい戻ろうぜ。

誰が先頭に立つ。

俺は道がわかりそうな気がする。

じゃお前行け。

あのちび野郎にうまいことやられて俺たちゃ間抜けもいいところじゃねえか。

俺たちを見てすぐ間抜けとわかったんだろうな。外の連中に早いこと話してやりたいぜ。

おい誰が話すかは籤引きで決めたほうがよかないか。

みんな頭に気をつけろ。

俺たちえらいことしちまったな。

ああ、まったくだ。俺たちに逃がして貰って自由の身になったあのくそ野郎はまた人殺しを始めるんだ。俺たちはそういうことをしちまったんだよ。

ほんとにそのとおりだな。

いや絶対奴を始末するんだ。

奴がもう俺たちを始末したのかもしれないぜ。お前ここを通った憶えはあるか。

俺はなんにも憶えちゃいない。前の奴のあとをついていくだけだもんな。

三日間バラードは洞窟のなかを探検して別の出口を捜した。自分は既に一週間こうしていると思いこんでいてよく懐中電灯の電池が切れないものだと驚いていた。うたた寝しては眼醒めてさらに進む習慣ができた。横になるのはいつも石の上で眠りは短かった。

しまいには懐中電灯を脚に打ち当てて鈍くなったオレンジ色の光を暖めようとした。電池を取りだし順番を変えて入れ直した。背後で声が聴こえたことが一度あり光が見えたと思ったことも一度あった。敵の灯りかもしれないと思い闇のなかをそちらへ行ってみたが何もなかった。膝をついて滴の垂れる水溜りの水を飲んだ。途中で休んでまた飲んだ。懐中電灯の光が小さな半透明な魚の脆い雲母の鞘を透き通して骨の影を浅い石の水底に映していた。立ちあがると弱った胃のなかで水が揺れた。

バラードは鼠のように手足でかりかり引っ掻くようにして長い滑らかな凝固した泥流を

よじ登りおびただしい骨がある長い空洞に入った。バラードはこの古代の共同墓地のなかを歩きまわりながら骨を蹴った。バイソンやヘラジカの穴だらけの茶色い骨格。ジャガーの頭蓋骨から一つだけ残った牙を抜きとってオーバーオールの胸当てのポケットに入れた。その同じ日に急な下り斜面に出くわし弱くなった懐中電灯で照らしてみたが光は湿った壁伝いに夜の闇の虚無のなかに消えていった。石を一つ拾って放った。音もなく落ちていった。落下。沈黙。もう一つ落としてみようと石を捜しかけたとき下方で小石を井戸に落としたときのような小さな水音が聴こえた。

やがて天井から陽の光の細い柱が一本斜めに射し入っている小さな部屋にやってきた。このとき初めて今までにも外界へ開いている穴があったのに外が夜だったために気づかず通り過ぎてしまったことがあったかもしれないと思った。岩の割れ目に手を差し入れた。ぐりぐり突っこんだ。外の土を引っ掻いた。

眼醒めたときには真っ暗だった。手探りで懐中電灯を見つけてボタンを押した。電球のなかでフィラメントが薄赤くなりそれがゆっくりと消えた。闇のなかで横になったまま耳を澄ましたが聴こえるのは自分の心臓の音だけだった。

朝になり岩の裂け目から射しこむ光がぼんやりとその姿を浮かびあがらせたときこのう

とうと眠っている囚われ人の虚ろな石の空洞の要塞のなかでいかにも罪を負わされているといった姿を見る者は自分を神々に背く言語道断の事例だと思っているバラードの考えは半分正しいと言うかもしれなかった。

一日中石のかけらか素手で穴の縁を掻きつづけた。眠っては作業をしまた眠った。あるいは砂埃だらけの森鼠の巣に森鼠が縫帆手の針のように鋭利な曲がった歯で実をきれいに齧りとったあとの渦巻き状の溝のついた殻に交って実の入ったヒッコリーがないかと捜した。一つも見つからなかったが元々空腹でもなかった。そのあとはまた眠った。

夜に猟犬の声が聴こえたので呼びかけてみたが自分の声の谺が洞窟のなかで凄まじい音で響き渡り怖ろしくなって呼ぶのをやめてしまった。闇のなかで鼠がかさかさ走る音がした。もしかしたら鼠はバラードの頭蓋骨を巣にして元々は脳があった空洞でみゅうみゅう啼く小さな無毛の子鼠を何匹か産むかもしれない。バラードの全身の骨は卵の殻のようにきれいに磨かれその骨髄腔のなかで百足が眠り白いほっそりした肋骨は暗い石の洞窟のなかで骨の花のように咲くだろう。バラードにはこの石の牢獄から外へ生まれ出るのを誰か荒っぽい産婆が助けてくれないかと願う理由があったし実際そう願った。

朝になると自分と空のあいだに蜘蛛の巣が張られていた。バラードは小石を一つかみ天井の穴へ投げあげた。さらにもう一度投げると蜘蛛の巣は完全になくなった。また伸びあがって穴の周りを打ち砕きはじめた。

眼が醒めたときには石壁に頭をもたせかけ手には穴をひろげるのに使っている石を握っていたのでまた作業を再開した。その日の遅く薄い板状の石がはずれて洞窟のなかに落ちてきた。それを土のなかから引き剝がすとき指を切ったので坐って指を口に入れると黴臭い土の味と血の鉄錆の味が混じった。穴から乾いた土がぼろぼろ落ちてきた。空を背景に木の枝が見えた。

伸びあがってまた作業を始め層を成している岩を石で叩いて薄片を剝がしたが叩くのには落ちてきた大きな石を使った。暗くなる前に頭を地中から上に持ちあげて周囲を見まわした。

まず眼に入ったのは一頭の牛だった。牛はバラードのいる木立の外の三十メートルほど離れた草地にいてその向こうには納屋がありさらにその向こうには家があった。家に人の気配がないか様子をうかがったが何も感じられなかった。また洞窟に降りて休んだ。

陽が暮れてから数時間後の黒々とした夜中にようやく地中から外に出た。家には灯りがともっていた。星空に導きの徴がないかと捜してみたが天空の見かけは前とは違っていて信用できなかった。森を通り抜け柵を乗り越え平原を横切って一本の道にたどり着いた。一度も来たことのない土地だった。道の上り坂のほうは山に向かっているので反対側に進むうちにまもなく弱った足を引きずりはじめたがそれでも歩きつづけることはでき、夜空はこれ以上ないほど晴れ渡って既に空気のなかには忍冬の花の匂いが微かに漂っていた。この時点でバラードは五日間何も食べていなかった。

歩きだしてまもなく背後に教会のバスが現われた。バラードは急いで道端の繁みに入りしゃがんで様子をうかがった。バスはがたがたと通り過ぎた。車内には電灯がついていて窓ガラスの一つ一つに乗客の顔が並んでいた。どの顔も横顔だったが一番後ろの席に坐った小さな男の子だけがガラスに鼻を押しつけて外を眺めていた。見るほどのものは何もなかったがそれでも眺めていた。バスが通り過ぎていくとき男の子はバラードを見、バラードも男の子を見た。それからバスはカーブを曲がり視野から消えた。バラードは道に出て歩きつづけた。今の男の子とは前にどこで会ったのだろうと考えているうちにその子が自分に似ていたことに気づいた。そう気づくと落ち着かなくなりガラス越しに見えた顔を頭から追い出そうとしたができなかった。

ハイウェイにたどり着くとそれを横断して向こう側の畑に入った。耕されたばかりの土の上をふらふら歩き川に行きあたった。川縁の木立には川が氾濫したときのゴミが残り木の幹には泥がつき高い枝にがらくたが集まり空を背に巨大な鳥の巣となっていた。

町に近づくと鶏の啼き声が聴こえてきた。鶏は夜の闇が薄れはじめるのを感じとっているのかもしれないが旅人はずっと東を見ているにも拘わらずそれを見てとることはできなかった。空気のなかにある種の新鮮味が感じられるのかもしれなかった。まだ眠っている土地の至るところで互いに呼び交わしていた。古い時代にそうだったように今も。ほかの国々でそうであるようにここでも。

郡病院の受付にやってきたのは明け方のことだった。夜勤の看護師がコーヒーのカップを手に廊下をやってきたときカウンターにもたれているバラードを見た。痩せた片腕の男は全体が赤い泥で汚れたぶかぶかのオーバーオールに身を包んでいた。眼は落ちくぼみ霞んでいた。俺、ここの患者なんだけど、とその男は言った。

結局どんな罪状でも起訴されなかった。ノックスヴィルの州立病院に送られ何人かの人の頭蓋骨に穴を開けて脳みそをスプーンで食べた精神異常の男の一つ置いて隣の監房に入れられた。バラードは運動のために外に出されるときその男と会ったが気の触れた男に話すことなど何もなかったし気の触れた男は自分の罪の途方もない大きさに耐えきれずに久しい以前から口を利かなくなっていた。男の監房のドアは曲げたスプーンを掛金代わりにしていてバラードはあるときあれはあのいかれた男が脳みそを食うのに使ったスプーンかと訊いてみたが返事はなかった。

一九六五年の四月に肺炎にかかり大学病院に移されて治療を受け治ったように見えた。ライアンズ・ヴューの州立病院に移って二日目の朝に監房の床に倒れて死んでいた。

死体はメンフィスの州立医科大学院に送られた。地下室でホルマリンで防腐処置を施されほかの新しく運びこまれた死者たちといっしょに保管された。解剖台の上で皮を剝がれ内臓を切りだされ細かく調べられた。頭蓋骨が鋸で切られて脳が取りだされた。骨から筋肉が切り離された。心臓も取りだされた。腸は引きのばされスケッチされたが死体の上に背を屈めた腸卜僧《ちょうぼく》のような四人の学生はその形のなかにもっとひどい怪物がいずれ現われる予兆を見たかもしれなかった。三カ月後に講座が終了したときバラードは解剖台からビニール袋のなかへ搔き落とされほかの献体といっしょに郊外の墓地に運ばれて埋葬された。医科大学院から来た牧師が簡略な祈りをあげた。

同じ年の四月にアーサー・オーグルという男が夕方高地の畑を耕していたとき鋤の把手が手からすっぽ抜けた。あっと思った瞬間鋤とそれを引いていた騾馬が地中に消えてしまった。オーグルは四つん這いでそろそろと地面に開いた穴に近づいたが穴のなかは真っ暗で何も見えなかった。大地のなかから涼しい風が吹いてきてずっと下のほうで水の流れる音が聴こえた。

翌日近隣に住む二人の少年がロープを伝って下に降りた。騾馬は見つからなかった。二人が見つけたのは洞窟で数体の死体が岩棚に休息の姿勢で並べて寝かされていた。

その日の午後遅くセヴィア郡の保安官が二人の保安官補とあと二人の男を連れてやってきてウィリー・ギブソンが古くから経営する銃砲店の前に車を駐め畑を横切り川を渡って古い林道を登った。ランタンとロープとステンシルでテネシー州備品と刷られた綿布を持参していた。保安官は自分で地下に降りて霊廟を調べた。死体は湿った場所に置かれていたため薄灰色をしたチーズ状の屍蠟となり森で腐る樹木に見られるような黴の薄肉に覆われていた。洞窟内は饐えた臭いがしアンモニアも微かに臭った。保安官と二人の保安官補はロープの端を輪にして死体の一つの上半身にかけ輪を引き絞った。若い娘の死体を岩棚から引きおろし石の床を引きずって通路を通り岩壁に陽が射している場所まで来た。この傾いた光の幹に照らされて漂う埃のなかに立ちロープをおろせと怒鳴った。ロープが降りてくると既に死体に取りつけてあるロープに結びつけてまた上に声をかける。ロープがぴんと張り死体が上体を起こす。上でロープを引く手は人形遣いのように死体を操った。灰色の溶けた石鹼のようなものが死体の顎から落ちた。娘は宙吊りになって上へあがっていく。ロープの輪に締めつけられた部分がぼろぼろ崩れる。灰色の分泌液が滴り落ちた。

夜の林道をくだるジープに牽引されたトレーラーには綿布にくるまれた巨大なハムのような七つの死体が積まれていた。新たに宵闇に包まれた谷間を車が降りていくと前方の埃っぽい道から数羽の夜鷹が激しく羽ばたきながら飛び立ちヘッドライトを受けて眼を宝石のように赤く光らせた。

訳者あとがき

コーマック・マッカーシーは一九九二年の『すべての美しい馬』に始まる国境三部作で大ブレイクし、二十一世紀に入っても『血と暴力の国』(その映画化作品「ノーカントリー」はアカデミー賞の作品賞ほか四部門受賞)、『ザ・ロード』(これも同名の映画化作品が大ヒット)とベストセラーを放ちつづけている。作品の質については、著名な文芸評論家ハロルド・ブルームが現代アメリカ文学を代表する四人の作家の一人に数えているように(ほかの三人はフィリップ・ロス、トマス・ピンチョン、ドン・デリーロ)、きわめて高く評価されており、近年では毎年ノーベル文学賞の有力候補として下馬評にのぼる。

しかしノーベル文学賞に関して言えば、大ブレイクする以前の、まだ知る人ぞ知る作家だったころの五作で貰っていたとしても何の不思議もないというのが、私に限らない多くの人の評価であると思う。その五作はいずれも傑作だが、なかでも傑出した作品を挙げるなら、三、四、五作目、すなわち本書『チャイルド・オブ・ゴッド』(一九七三年)、*Suttree*(一九七九年)、

『ブラッド・メリディアン』（一九八五年）の三作ということになるだろう。

　このうち西部開拓時代の極悪集団による凄惨なアメリカ先住民頭皮狩り行を描いた『ブラッド・メリディアン』はすでに拙訳で紹介されているが、今回お届けする『チャイルド・オブ・ゴッド』は、凶々しい闇の力に満ちた衝撃作である点で、『ブラッド・メリディアン』と双璧をなす小説だ。

　これは連続殺人犯の物語である。時は一九六〇年代、舞台はアメリカ南部、テネシー州東部の、アパラチア山脈の山村地域。天涯孤独の若い貧乏白人レスター・バラードは、税金滞納が理由と思われる競売で土地家屋を失う。もともと粗暴なところがあり、人づきあいも苦手なところから地域住民に疎まれ、どんどん孤独になり、山野を彷徨ううちに、殺人と屍姦という禁忌の領域に足を踏み入れていく。

　殺人の場面だけならまだしもだが、屍姦（それと近親相姦）の描写はやはり相当衝撃的であり、本はそれほど売れなかったものの、凄いものを書く人がいるということでマッカーシーが知る人ぞ知る作家になったのはこの作品がきっかけだった。二〇〇七年にはテキサス州のハイスクール教師が、すでに名作の評価が固まっているので問題なしと考えたのだろうが、課題図書リストにこの小説を入れたところ、十四歳の女子生徒がこれを選んで読書レポートを書いたことから親が騒ぎだし、教師が有害図書を未成年に提供する罪で告訴される事件が起きている（教師は不起訴になったが雇用契約が更新されず教職を退くはめになった）。

田舎で残忍きわまる殺人事件を起こした男の物語と言えば、当然、トルーマン・カポーティの『冷血』（原著一九六五年刊。邦訳は新潮文庫、佐々田雅子訳）が連想されるわけだが、『冷血』と本書の違いは一目瞭然だ。その違いは『冷血』がノンフィクション・ノヴェルである点にあるのではない。じつは本書も実際の事件をモデルにしているからだ（事件についての資料は今のところ入手できないが、一九九二年の《ニューヨーク・タイムズ》紙によるインタビュー記事にそう書かれている）。二人とも実在の殺人犯に関心を持ったのだが、その関心の向け方が違ったのだ。

周知のとおり、カポーティは不条理に見える殺人事件を理解すべく、事件が起きた土地や被害者一家や犯人たちについて詳しく調べていき、その結果、犯人の一人であるペリー・スミスが自分と似たような境遇に育ったことを知り、共感を寄せていった。しかし本書のほうは、そうしたジャーナリスティックな事実の集積よりも、一人の人間が社会からどんどん離れていき、絶対的な孤独のうちに世界のなかを彷徨うとき、世界はどのような姿で立ち現われ、人間はどのような本性をあらわにするのかを、哲学的に、詩的に、神話的に、表現していくのである。

マッカーシーは裕福な弁護士の家庭に育った人で、レスター・バラードとはまるで違う。恵まれた境遇にあったにも拘わらず、小さいころから学校嫌いで、自分は堅気な市民にはならないだろうという自覚があり、じっさい一度も定職につかず、貧困のなかで小説を書きつづけてきた人物——つまり自発的なはみ出し者なのだ。

マッカーシーの小説はどれも社会からのはみ出し者が主人公だと言ってもいい。『ブラッド・メリディアン』の少年、国境三部作のジョン・グレイディとビリー、『血と暴力の国』のルウェリンらは明らかに自発的なはみ出し者だ。本書のバラードと『ザ・ロード』の父親は人間社会から無理やり放り出された（後者は世界が破滅したせい）わけだが、そのあとで集団に帰属する機会があっても単独行動（『ザ・ロード』では幼い息子と二人だけの行動）を選ぶところから、やはり自発的なはみ出し者の要素を持っていると言える。

世界のなかに人間が一人で存在するときにこそ世界と人間の本質があらわになる。だからレスター・バラードの物語はマッカーシー自身も含めたすべての人間の本質に通じている。だからこそバラードは、〝おそらくあなたによく似た神の子だ〟（A child of God much like yourself perhaps.）と言われるのである。

本書のタイトルでもある〝神の子〟というのは、たとえば新約聖書『ガラテヤの信徒への手紙』三章二十六節の、〝あなたがたは皆、信仰により、キリスト・イエスに結ばれて神の子なのです〟（新共同訳）という一節に現われているような意味で使われている。要は〝あなたや私と同じ人間だ〟ということだろうが、殺人・屍姦者をあえて〝神の子〟としたところが非常に冒瀆的で、そのこともこの小説のスキャンダル度を高めている。

（〝神の子〟はキリストのことと解釈する向きもあるかもしれないが、〝あなたによく似た救世主〟というのは変なので、おそらく違うだろう。）

たった一人で世界のなかに放り出され、闇のなかで立ち迷いながら、命の源である火を熾こし、手仕事の技で生き延びていく。バラードの内面描写などはいっさいなく、まるで動物か昆虫の生態を観察するかのように行動を追っていくうちに、殺人、屍姦というおぞましい所業も含めて、これが人間なのだと深く納得させられてしまう。これはそんな怖ろしい、しかし不思議な高揚感と生命肯定感を与えてくれる稀有な小説だ。

以上は内容のことだが、本書については何と言っても小説としての完成度の高さをこそ特筆すべきだろう。

カーニバルのキャラバンのような一隊がやってきてお祭り騒ぎの競売が始まるや、ぱっとカットが切り替わり、闇のなかで光の縞模様を身に浴びて外をうかがうバラードが登場、という鮮やかな滑り出しから、冒頭シーンを逆転させたような、七つの〝ハムのようなもの〟を運ぶトレーラーが夜の闇に消えていくラストまで、一秒たりともだれることのない映画を観るような映像のシークエンスが見事だ。

貧しい山村の細部、自然の諸相、動物たち、農畜産物共進会、いくつものコミカルな対話劇、ノアの洪水を思わせる神話的な情景など、じつに多様な局面が次々に切り開かれる。この短い作品のなかに現われる世界の途方もない広がりと多重性には舌を巻くしかない。

一連の動きをじっと長回しで追いつづけると思うと大胆にカットが飛ぶその緩急自在のリズム。動と静、光と影、色彩の爆発とモノクロームの鎮まり、喧騒と静寂、陰惨とユーモアなどの絶妙の配分。それらが言葉の構築物としての小説を読む愉悦を存分に味わわせてくれる。
本書はほとんど中篇小説と言ってもいいくらいの短い作品だが、余計なものをそぎ落とした この尺の短さが効いていると言えるかもしれない。おかげでポオが『構成の原理』で称揚したような、作品を一気に読み切れる長さに収めることによる〝効果の統一〟が達成されている。ポオが論じたのはもちろん詩の作法だが、『チャイルド・オブ・ゴッド』は詩と呼びたいほどの凝縮された構成美を感じさせるのだ。

本書はアパラチア山脈に住む白人貧困層――いわゆるヒルビリー――の世界を舞台としている。四歳のときからテネシー州で育ったマッカーシーはこの世界に親しみを覚え、長篇第一作から第四作までの舞台に選んでいる（これがマッカーシー作品の南部時代で、『ブラッド・メリディアン』からアメリカ南西部に作品世界が移った）。ヒルビリーの世界はたいへん興味深いのだが、ここで詳述する余裕がないので、ダニエル・ウッドレルの小説『ウィンターズ・ボーン』（拙訳、AC Books）に映画評論家の町山智浩氏が寄せてくださった解説をぜひお読みいただきたい。

『チャイルド・オブ・ゴッド』は俳優・映画監督のジェームズ・フランコが、二〇一二年にインディペンデント映画として製作し、撮影を終了させた。その時点ではまずいくつかの映画祭での上映を目指すと発言していたが、どうなっているのかはネットを検索しても情報が出てこない。

フランコは『ブラッド・メリディアン』の映画化にも意欲を燃やしていたが、こちらは中止になった。それ以前にはリドリー・スコットが監督予定と発表されていたが、そちらの企画も潰れたようだ。

そんな折、マッカーシーが突然、映画のシナリオを書き、映画化がただちに決定した。***The Counselor***（「弁護士」）というタイトルのこの作品は、「ノーカントリー」に似た犯罪映画だ。すでに撮影済みで、アメリカでは今年の十一月に公開が予定されている。監督はリドリー・スコット、出演はマイケル・ファスベンダー、ブラッド・ピット、キャメロン・ディアス、ペネロペ・クルス、ハビエル・バルデムといった豪華な顔ぶれだ。日本公開は未定だが、このキャストならまず大丈夫だろう。映画のシナリオは早川書房から翻訳出版されることになっている。

二〇一三年六月

コーマック・マッカーシーの作品（ジャンル表記のないものは長篇小説）

Wake for Susan (1959) 短篇小説
A Drowning Incident (1960) 短篇小説
The Orchard Keeper (1965)
Outer Dark (1968)
Child of God (1973)『チャイルド・オブ・ゴッド』**本書**
The Gardener's Son (1976) 映画脚本
Suttree (1979)
Blood Meridian Or the Evening Redness in the West (1985)『ブラッド・メリディアン』（早川書房）
All the Pretty Horses (1992)『すべての美しい馬』（ハヤカワepi文庫）
The Crossing (1994)『越境』（ハヤカワepi文庫）
The Stonemason (1994) 戯曲
Cities of the Plain (1998)『平原の町』（ハヤカワepi文庫）
No Country for Old Men (2005)『血と暴力の国』（扶桑社ミステリー）

The Road (2006)『ザ・ロード』（ハヤカワepi文庫）
The Sunset Limited (2006) 戯曲形式の小説（二〇一一年に、トミー・リー・ジョーンズとサミュエル・L・ジャクソンの主演でTV映画化）
The Counselor (2013) 映画脚本（早川書房より刊行予定）

歌詞引用（103ページ）

GATHERING FLOWERS FOR THE MASTER'S BOUQUET
Words & Music by Marvin Baumgardner
© Copyright by STAMPS BAXTER MUSIC
All Rights Reserved. International Copyright Secured.
Print rights for Japan controlled by Shinko Music Entertainment Co., Ltd.

訳者略歴　1957年生，英米文学翻訳家　訳書『すべての美しい馬』『越境』『平原の町』『ザ・ロード』『ブラッド・メリディアン』コーマック・マッカーシー，『冬の眠り』アン・マイクルズ，『コレクションズ』ジョナサン・フランゼン（以上早川書房刊）他多数

チャイルド・オブ・ゴッド

2013年7月10日　初版印刷
2013年7月15日　初版発行

著者　コーマック・マッカーシー

訳　者　黒原敏行《くろはらとしゆき》

発行者　早川　浩

発行所　株式会社早川書房
東京都千代田区神田多町2－2
電話　03－3252－3111（大代表）
振替　00160－3－47799
http://www.hayakawa-online.co.jp

印刷所　三松堂株式会社
製本所　大口製本印刷株式会社

Printed and bound in Japan
ISBN978-4-15-209381-3 C0097
JASRAC 出1307814-301

乱丁・落丁本は小社制作部宛お送り下さい。
送料小社負担にてお取りかえいたします。

本書のコピー、スキャン、デジタル化等の無断複製は著作権法上の例外を除き禁じられています。